Didier Daeninckx

Les sorciers de la Bessède

et autres nouvelles noires

Librio

Texte intégral

Les sorciers de la Bessède

Au dixième claquement du métal, j'ai plaqué ma main sur le combiné pour épargner l'accès de mauvaise humeur à mon correspondant.

— Tu peux arrêter de faire joujou avec le couvercle de ton briquet ? Je bosse et ça m'empêche de réfléchir.

— Excuse-moi, c'est nerveux... Depuis que j'ai cessé de fumer, c'est plus fort que moi, il faut que je m'occupe les mains.

Il était arrivé vingt minutes plus tôt, au débotté, avec sa boîte de photos sous le bras, des tirages de 20 cm sur 30 cm qu'il avait étalés sur le bureau, la commode, la photocopieuse, puis il en avait tapissé le sol lorsque toutes les possibilités aériennes avaient été épuisées. Des visages barbouillés, en noir et blanc. Quand la sonnerie du téléphone avait retenti, il s'était collé une cigarette entre les lèvres avant de faire jouer le mécanisme de son Zippo, à vide, comme pour la narguer. Clic, clac, merci Kodak. De temps à autre, je devais déplacer une de ses œuvres pour prendre un document, et il la remettait en surface dès que je reposais mon papier griffonné. J'ai fini par raccrocher, écourtant la conversation.

— C'est quoi ce cinéma, Bertrand ? Tu ne peux pas attendre tranquillement ? On se connaît depuis la maternelle, mais ce n'est pas une raison pour que tu te comportes comme un môme !

Il a fini par s'asseoir, une fesse en équilibre sur l'accoudoir du fauteuil.

— Ne me dis pas que c'était l'affaire du siècle... Un cocu en goguette ?

J'ai haussé les épaules, fataliste.

— Ils me font vivre, et je ne crache pas dans la soupe. Comme l'amour est aveugle, je suis l'œil des jaloux. C'est ta prochaine exposition ?

Un sourire a furtivement éclairé ses traits.

— Oui... En fait, ça dépend de toi, Michel...

— Tu as frappé à la mauvaise porte, je suis tout sauf mécène. En fouillant bien, je peux trouver un marteau et des clous, pour l'accrochage.

Bertrand s'est baissé pour se saisir d'un des portraits qu'il a brandi devant moi. Le regard, sur le papier mat, m'a transpercé. Les yeux globuleux, à la Peter Lorre, l'acteur traqué de *M le maudit*, émergeaient d'un visage noirci par la suie et l'on ne pouvait qu'être bouleversé par l'immense tristesse qui les noyait. Au second plan, le fantôme d'un camion-grue au toit défoncé disparaissait dans la brume épaisse qui montait d'une clairière.

— J'ai besoin que tu le retrouves...

— Tu me payes comment ? Son poids en antidépresseurs ?

Il a lancé la photo sur mon bureau.

— Je suis très sérieux, Michel. Depuis que j'ai capté ce désarroi, il y a six mois, impossible de m'en défaire. Je ne me suis jamais pris pour un génie, mais une photo de cette force, on n'en fait pas deux dans sa vie. C'est la pièce maîtresse de mon expo, celle autour de quoi tout s'organise. Le problème c'est que si pour toutes les autres j'ai obtenu les autorisations écrites et signées d'utilisation, pour celle-là, je n'ai rien. Le gars était d'accord pour que je le « shoote », mais la rencontre a été tellement forte que je n'ai pas pensé à sortir le formulaire... Je suis redescendu la semaine dernière. C'est là qu'on m'a appris qu'il avait disparu depuis plusieurs semaines.

J'ai retourné la photo pour échapper à son naufrage.

— On dirait un homme des bois... J'ai du mal à croire qu'il pourrait se pointer dans une galerie branchée du sixième arrondissement pour faire un scandale... Qu'est-ce que tu risques ?

— La question n'est pas là. Je veux qu'elle soit imprimée en première page du catalogue, que ce soit le cliché fourni à la presse, pour les articles, qu'il circule sur Internet, que le monde entier y soit confronté... Je ne passe pas dans la clandestinité. Le directeur de la galerie refuse de prendre le risque et je le comprends. Il a traîné un procès pendant trois ans pour avoir diffusé la photo d'un tatouage. Un papillon guerrier en gros plan sur une épaule anonyme. Le tribunal l'a lourdement condamné, ainsi que le photographe, en reconnaissant au seul manieur d'aiguilles la propriété artistique du motif. Depuis, il est traumatisé. On ne sait plus quoi cadrer. Tout le monde réclame sa dîme, les propriétaires de bicoques, les architectes, les aménageurs de carrefours... L'image du monde est à péage. Je cogne rarement à ta porte, Michel. Rends-moi ce service...

Il n'avait pas à en dire davantage pour rappeler tout ce que je lui devais. À une époque, boire m'empêchait de voir. Je m'étais usé les phalanges sur sa porte, non qu'il refusait de me l'ouvrir, mais bien parce que je revenais souvent. J'avais un pied dans le ruisseau et l'autre en était jaloux. Tout le monde se détournait de moi, jusqu'à mon reflet, et Bertrand avait été le seul à me tendre la main. Pendant des mois, il m'avait accompagné dans mes minables virées nocturnes, équipé d'un appareil à visée infrarouge. Peu à peu, les clients m'avaient refait confiance. Moi qui ne tenais plus à la vie que du bout des ongles, j'avais réussi, grâce à lui, à ce qu'une plaque porte mon nom autre part que dans un cimetière. Depuis quelque temps, il essayait, sans trop de succès, de me rabibocher avec mon fils. J'ai poussé un long soupir.

— Tu as de la chance, il me restait quelques jours de RTT sur les bras. Où est-ce qu'elle se trouve, ton école de maquillage ?

Il a déplié une carte de France et pointé son doigt assez bas.

— Là !

Le lendemain, à deux heures de l'après-midi, j'y étais. Bertrand m'avait confectionné un petit album photocopié avec tous ceux qui s'étaient laissé photographier lors de son reportage dans la région. Dans la marge, il avait noté les coordonnées de chacun en regard de son image. Je m'étais garé sous les remparts de la cité cloîtrée, le nez de la voiture surplombant la vallée de la Nauze et les forêts serrées du Périgord noir. Bien que le mois de septembre fût bien avancé, des groupes de touristes sillonnaient les rues escarpées, l'œil aux aguets, buvant les paroles d'un guide lyrique : « Belvès est un petit bouquet urbain serré et aérien brandi par-dessus les arbres... » Je les ai suivis un moment, dans le seul but de me dégourdir les jambes après six cents kilomètres d'autoroute. Ils ont fait halte dans une venelle, se sont massés devant un filet de ferraille incrusté dans la pierre, se sont penchés vers une plaque minuscule, les mirettes écarquillées pour lire un hommage au docteur Quinquet qui inventa là, trois siècles plus tôt, l'éclairage public auquel il offrit son nom. J'ai pris une rue couverte, une enfilade de passages en traboule pour déboucher sur la place d'Armes au centre de laquelle se dressaient les potences d'une halle. C'est ici, au-dessus de l'agence du Crédit agricole, qu'habitait la sœur de Boris Achelard, le charbonnier disparu. J'ai jeté un regard à la façade à colombages, aux balcons en fer forgé avant de grimper l'escalier. Une femme en bigoudis, visage fatigué, a ouvert avant même que je ne frappe à sa porte. Elle m'a toisé en faisant la moue.

— C'est pas vous que j'attendais. Qu'est-ce que vous voulez ?

— Je cours après votre frère. Il a oublié de signer un papier... Vous savez où je peux lui mettre la main dessus ?

Elle a sorti une boîte familiale d'allumettes et un paquet de cigarettes de la poche ventrale de son tablier, en a prélevé une dans chaque.

— Je vous souhaite bien du courage... Je n'ai plus aucune nouvelle de lui depuis trois mois. Il doit prier dans les bois.

Je me suis reculé pour échapper à son nuage de fumée.

— Trois mois dans les bois ? Il faut bien qu'il sorte de temps en temps, ne serait-ce que pour faire les courses...

Elle a marché vers la salle à manger en me faisant signe de la suivre.

— Ils sont quelques-uns à passer leur vie dans la forêt de la Bessède qui démarre en bas du village jusqu'au plateau de Cadouin. Ils connaissent tous les chênes, toutes les sources, les habitudes des animaux. On dit que, pendant la guerre, certains sont restés cachés durant trois ans sous les branches sans franchir la lisière. Il est pressé, votre papier ?

— Assez... Normalement, je dois repartir demain soir...

Elle a versé du café dans deux verres Duralex.

— La dernière fois qu'il a fait une crise, on ne l'a pas revu pendant six mois ; c'est les grands froids qui l'ont obligé à se montrer.

Je me suis servi deux cuillerées de sucre en poudre.

— C'est quel genre, ses crises ?

— Pas méchantes, rassurez-vous. Il se prend pour un arbre déraciné.

J'ai avalé une assiette de charcuterie dans un bistrot de la rue du Fort avant de prendre la route de Villefranche-du-Périgord sur quelques kilomètres. Sur la droite, une route en lacet menait à Mondo, un lieu-dit de la commune de Larzac. Je roulais, le bloc-notes ouvert sur le portrait de Jean-Michel, moustache anthracite, yeux charbonneux, bob avachi sur le crâne. Il m'attendait assis sur une pierre, devant sa ferme, un chien de berger allongé à ses pieds. On s'est installés dans la cuisine entre la cheminée et une télé qui diffusait une *novela* à destination d'un couple de perruches immobiles dans leur cage. Sa femme nous a quittés pour accompagner un contrôleur des impôts qui venait vérifier que le nombre de plants de tabac n'était pas en excédent, dans leur champ. Jean-Michel s'est servi une dose de pastis sans alcool.

— Il y en a du vrai si vous préférez...

J'ai fait le sobre. On a trinqué : ça avait un goût doucereux, proche de la boisson à l'antésite de mon enfance. Il a regardé les photos, s'est attardé sur la sienne en souriant.

— Je ne comprends pas pourquoi vous vous donnez tant de mal pour retrouver Boris. C'est tout juste s'il sait lire et écrire. Une croix suffirait et tout le monde n'y verrait que du feu... Tout petit, il courait déjà les bois avec son aïeul, le père Igor...

Les perruches ont voleté, affolées par une engueulade brésilienne.

— Ce n'est pas spécialement des prénoms d'ici...

— Le boulot de charbonnier est tellement difficile qu'il n'y a pas beaucoup de volontaires. Il faut être pris à la gorge pour le faire. J'ai arrêté au début de l'année, à cause de problèmes de santé. Je bossais avec des Marocains, des Portugais, des Espagnols, des Algériens... Lui, Boris, ça remonte à plus loin, des soldats russes qui sont restés après la guerre de 14-18 quand il n'y avait plus personne pour s'occuper des champs. Il paraîtrait que c'étaient des déserteurs ou des mutins. En tout cas, ils connaissaient bien la forêt. Le vieux ne supportait pas d'être commandé, il travaillait à son compte. Dès que le môme a su marcher, il l'a pris sous son aile. Ils s'enfonçaient dans les futaies, trouvaient une clairière ou en aménageaient une à proximité d'un ruisseau pour construire leur hutte. Ensuite, ils abattaient des arbres, du chêne, qu'ils débitaient pour monter la meule. J'en ai vu qui faisaient jusqu'à cinq mètres de hauteur. Elles mettaient près d'une semaine à se consumer pour donner six ou sept tonnes de charbon de bois. La seule différence avec nous, c'est qu'ils ne le mettaient pas en sacs, ils livraient tout en vrac, sans trier.

— J'ai discuté avec sa sœur. Elle semble dire que Boris a un grain...

Il a poussé vers moi un compotier rempli de raisin noir.

— Prenez-en une grappe, il est bien sucré. C'est la pleine saison, elle ne dure pas. J'ai une dizaine de pieds de muscat le long de la grange... Du producteur au consommateur ! Je ne mets rien dessus. Vous savez, Boris a ses manies, comme tout le monde. Peut-être un peu plus sauvage, plus enfermé dans sa tête que la moyenne... On a coutume de dire ici que le feu couve plus souvent dans une âme que dans l'âtre. On n'oublie pas qu'on est en plein cœur du pays de Cro-Magnon, avec les grottes du Grand-Roc, de Carpe-Diem, de Bara-Bahau, le gouffre de Proumeyssac, tous ces refuges où les hommes des cavernes frottaient le bois contre le bois pour donner naissance au feu. C'est toujours aussi fascinant. On se lasse de l'eau qui coule, mais jamais des flammes qui dévorent le monde en dansant.

Je l'ai regardé droit dans les yeux.

— Vous avez une petite idée d'où il se cache ?

— Franchement, non. La plus longue conversation que j'ai eue avec lui, c'est quand il m'a parlé de tous les campements où il avait vécu avec son grand-père, dans la Bessède. Il s'en souvenait avec une précision incroyable. Il était capable de vous décrire un arbre au pied duquel il avait dormi vingt ans plus tôt... S'il est parti dans ce fouillis, il n'est au pouvoir de personne de le retrouver.

Sur le chemin du retour, un lourd nuage de fumée grise noyait la route, à l'approche de Belvès. Je suis entré dedans à pleine vitesse. Le monde a aussitôt disparu. J'ai écrasé la pédale de frein sans parvenir à éviter le choc avec le véhicule qui me précédait et que je n'avais aperçu qu'au moment où je le percutais. J'ai branché les feux de détresse, je me suis rangé sur le bas-côté et je suis sorti pour constater les dégâts. Le pare-chocs fêlé, un phare éclaté, de la tôle amochée. Le paysan est descendu de son tracteur. Il a donné deux coups de pied contre sa herse relevée.

— Un jour, il va y avoir des morts à cause d'eux ! Dix ans qu'on demande qu'ils aillent fabriquer leur charbon plus loin dans la forêt... Vous voulez qu'on fasse des papiers... C'est surtout pour vous, parce que moi, j'ai rien.

Il habitait une ferme, un peu plus loin, avec vue depuis sa terrasse sur les murailles de la cité close. On a rempli le constat en buvant un apéritif maison dans lequel macéraient des cerises. J'ai plié la déclaration pour la ranger dans mon portefeuille, entre les cartes grise, verte et bleue.

— Ce serait drôlement idiot de mourir à cause d'un barbecue !

— Le seul problème, comme je vous le disais tout à l'heure, c'est qu'ils sont trop près de la route. Dès que leur bois est un peu humide, ils font tomber le rideau ! Il y a toujours eu des charbonniers dans la région, depuis des millénaires, c'est-à-dire bien avant l'invention du barbecue. Je me sers encore des outils de mes grands-parents qui ont été forgés grâce au charbon de bois... C'est comme ça que ça a démarré, la métallurgie. Les gens de la ville, même ceux d'ici, ne se souviennent plus que le maréchal-ferrant le choisissait avec soin, que le chêne bien étouffé donnait un meilleur acier... Si bizarre que ça puisse paraître, le charbon de bois dégage plus de chaleur que les bûches, que la houille... Le métal montait au rouge en un rien de temps ! Sans compter qu'à un moment, ils faisaient tourner les moteurs des voitures avec...

J'ai regardé la mienne qui faisait triste mine, du papier adhésif marron sur ses plaies.

— De l'essence de branche ! Vous êtes sûr ?

— Et à quoi croyez-vous que ça fonctionnait, les gazogènes, pendant l'Occupation ? C'est la combustion du charbon de bois qui actionnait les pistons et entraînait la mécanique. On peut dire que c'est l'ancêtre du moteur au GPL...

Nous nous sommes séparés alors que le soleil jouait à cache-cache avec les sept clochers de Belvès. La brume s'était dissipée, seul un filet bleuté se frayait un passage entre les cimes des arbres. J'ai filé dans sa direction. Je me suis garé près d'un baraquement aux planches disjointes. Un homme me tournait le dos. Le torse moulé dans un maillot aux armes d'une université américaine, il maintenait le fer d'une hache entre ses brodequins dépourvus de lacets pour couper de la ficelle en la frottant sur la lame. Devant lui s'étendait une sorte de gangue, mélange de terre, de copeaux, de cendres, délayés dans l'eau des dernières pluies. Un camion à la carrosserie défoncée cahotait dans les ornières et la flèche dressée de sa grue balayait le paysage à la manière d'un essuie-glace démesuré. Il s'est arrêté devant l'une des cuves noircies. Le conducteur a amené les serres de l'engin au centre du couvercle qu'il a bientôt soulevé. Quelques volutes se sont échappées, vite rabattues par le vent. Un autre ouvrier a posé une échelle tordue sur le flanc de l'immense cocotte puis il a grimpé les échelons, un tuyau à la main pour arroser les ultimes flammèches. Un autre l'a rejoint, avec des pelles, pour sortir le charbon de bois et en remplir des caisses. J'ai contourné une flaque sombre dans laquelle se reflétait tout un alignement de cuves rondes ou octogonales. Le chauffeur du camion se roulait une cigarette, assis sur le marchepied. Il m'a adressé un signe de tête auquel j'ai répondu.

— Pas simple comme boulot...

— Le principal, c'est d'en avoir... Vous voulez voir le patron ?

J'ai pris le cahier de Bertrand dans la poche de ma veste.

— Non, je suis un ami du photographe qui a passé quelques semaines dans le secteur, l'année dernière... Il vous a pris dans votre cabine... Tenez, vous êtes là...

J'ai feuilleté le cahier devant lui en observant ses réactions. Il a baissé le nez, détourné le regard, quand j'ai prolongé la pause sur le visage de Boris Achelard. Je ne l'ai pas attaqué bille en tête.

— On dirait que c'est du vieux matériel... Ça marche toujours ?

— Tout part à la casse le mois prochain, on va toucher des cuves neuves équipées de tout un tas de gadgets. Il faudra quand même des bras... C'est pas sorcier, le charbon... On charge chaque vase jusqu'à la gueule, entre quatre et cinq tonnes suivant la densité du bois, après on met le feu. Le coup de main, c'est de savoir exactement à quel moment l'étouffer pour ne pas que tout parte en cendre. On ferme d'abord les ouvertures du bas puis on les rend bien étanches, ainsi que le couvercle, avec de la boue de terre fine. Le lendemain, à la même heure, on enlève le chapeau : il ne reste plus qu'à récolter...

Il a rallumé sa cigarette pour la troisième fois.

— Il travaillait où Boris ? À la coupe, à la charge, à la récolte ?

Il a laissé brûler l'allumette entre ses doigts.

— Pourquoi vous n'arrêtez pas de me parler de Boris ? Si vous avez quelque chose à lui demander, allez le chercher. Il est parti dans les bois. Je suis pas sa nounou !

J'ai marché vers le hangar où deux yeux brillaient dans l'obscurité. En me dépassant, le côté droit du camion s'est couché dans une fondrière, projetant une vague visqueuse sur mon pantalon, tout le bas de ma veste. La femme tapie dans l'ombre s'est avancée. Elle était couverte d'une pellicule de suie, de la tête aux pieds, et c'était comme si l'ombre venait avec elle.

— Faut pas lui en vouloir... Avec les nouveaux fours, il risque d'y avoir des licenciements. Tout le monde est sur les nerfs.

J'avais également sa photo, dans le cahier. Elle est retournée près de la trémie, pour calibrer le charbon de bois qu'elle ensachait ensuite avant de lier le paquet avec la ficelle que le type découpait au fil de la hache au moment où j'étais arrivé. De temps en temps elle cassait les plus gros morceaux à l'aide d'un bâton.

— Depuis une semaine, on fait les coupes de sapin. C'est le moins cher et c'est le plus dur à travailler. En plus, comme il est bourré d'essence, c'est pas rare qu'il reparte à flamber sur le tapis roulant. Un coup de pousse dans le tas, c'est toute la cabane qui part en fumée. J'en suis à ma vingt-cinquième palette depuis ce matin...

Elle faisait ses phrases par bribes, reprenant son souffle entre chaque groupe de trois ou quatre mots. Je n'étais pas dans le hangar depuis un quart d'heure que la gorge me grattait déjà, irritée par la suie en suspension. Je suis resté à la regarder remplir sa vingt-sixième palette pendant que les autres ouvriers de la charbonnière prenaient une douche à tour de rôle dans un autre baraquement. Je m'en suis voulu de lui tendre un piège aussi grossier, persuadé d'avance qu'elle ne manquerait pas d'y tomber.

— Il est mort quand Boris ? Vous vous en souvenez ?

Elle a posé un sachet rayé de vingt litres en haut de la pile.

— La veille de la Saint-Jean...

Elle a aussitôt voulu rattraper les mots qu'elle venait de lâcher.

— Je ne vous ai rien dit... J'y suis pour rien. Vous étiez déjà au courant...

J'ai fait comme si c'était vrai, sachant que ça allait la rassurer. Je savais aussi que cela l'amènerait à se confier à moi.

— Oui, j'ai vu sa sœur cet après-midi, ainsi que l'ancien brûleur qui fait maintenant pousser du tabac. Vous étiez là quand ça s'est passé ?

— Non. Je ne dors plus la nuit tellement ça siffle dans mes bronches. Dès que je suis couchée, j'étouffe. Je passais une radio des poumons à l'hôpital de Cahors. Je l'ai su le lendemain matin, en arrivant. Il remplissait une cuve ronde à la main, la 24, quand son cœur a lâché. Les copains ont essayé de le mettre dans une voiture, sauf qu'il a refusé. Il avait compris qu'il n'en avait plus pour longtemps et il voulait mourir en regardant les arbres. Juste avant de passer, il leur a fait promettre de ne pas l'enterrer. Il supportait pas de finir dans la pourriture. Le voile était sur ses yeux quand il leur a demandé qu'ils le mettent au-dessus des rondins, au sommet de la 24... Je peux vous dire que celle-là, je l'ai triée en chialant. Aujourd'hui, je suis sûre qu'il ne brûle pas en enfer mais qu'il brille au paradis.

Je suis rentré dans la nuit, le phare orphelin de la voiture dévorant les ténèbres. Il n'était pas encore huit heures quand j'ai sonné à la porte de l'atelier de Bertrand. Il m'a ouvert, pieds nus, enveloppé dans un drap blanc à la manière d'un empereur romain.

— C'est toi ? Tu es déjà de retour ?

— Oui. Tu as du café ?

Il m'a poussé vers la cuisine.

— Il suffit d'appuyer sur le bouton. Parle moins fort, il y a du monde.

En vidant le contenu d'un bol, je lui ai raconté tout ce que j'avais appris sur Boris auprès des prolos de la charbonnière de la Bessède.

— Je leur ai promis que tu serais le seul à être mis dans la confidence. Qu'est-ce que tu vas faire, pour ton expo ?

Il s'est dirigé droit sur son labo dont il est ressorti avec les portraits de Boris. Il a pris le Zippo sur la table puis il a basculé le couvercle du briquet avant de poser le pouce sur la molette. J'ai détourné la tête quand les flammes ont dansé dans les yeux du charbonnier.

Les corps râlent

J'ai lu les journaux ces derniers temps, de manière précautionneuse, après plus de six mois de coupure complète d'avec le monde. Une cure de survie mentale pour ne pas risquer de tomber sur ma photo, sur mon nom. Apparemment, on m'a oublié. Sauf moi. Et il va falloir que je porte le fardeau jusqu'au dernier jour. Rien n'a vraiment changé, on se contente de variantes : toujours le même découragement à se mettre de l'encre sur les doigts. On décapite du chrétien en Indonésie, on lapide de la femme adultère au Nigeria, on gaze du mineur débile au Texas, on exécute à tout va dans les stades chinois en attendant d'accueillir les jeux Olympiques, on accommode le Tchétchène à la sauce Poutine, on noie du sans-papier par dizaines entre Gibraltar et Tanger... Et si on vote en masse pour un homo aux Pays-Bas, c'est surtout parce qu'il est facho. J'ai suivi, par bribes, l'histoire des deux mômes, et en fermant les yeux j'ai remis des images entre les mots du journaliste. C'est toujours ainsi que j'ai procédé : jeter des passerelles de fiction entre deux blocs de réalité. Un peu comme on traverse un torrent en s'appuyant sur des rochers épars. J'ai résolu pas mal d'affaires avec cette méthode, et j'étais surpris, souvent, de voir mes hypothèses se confirmer. Le patron de l'agence me passait la main dans le dos, comme on caresse un chien de chasse, en me félicitant pour mon

« pif », et j'acceptais qu'on qualifie d'intuition ce qui devait uniquement à la réflexion.

Le seul témoin ne s'est manifesté que trois jours après la découverte des corps : un conducteur d'engins spéciaux qui avait emprunté un des énormes bulldozers utilisés à l'aménagement de la digue pour creuser les fondations de sa maison. Les travaux avaient duré plus de temps que prévu, et c'est en ramenant l'excavatrice, au petit matin, qu'il avait été dépassé par un break de couleur sombre qui roulait vers la falaise tous feux éteints. Le conducteur avait été tellement étonné de tomber sur un engin de terrassement à l'amorce d'un virage qu'il avait failli lui rentrer dedans. Le conducteur du bull se souvenait avoir vu trois silhouettes à l'intérieur. Il s'était montré incapable de donner la marque du break, sa couleur exacte, l'un des chiffres ou l'une des lettres de la plaque minéralogique. Juste l'heure : la radio du bull réglée sur Nostalgie passait « Helwa ya baladi », de Dalida, et un coup de fil à la station avait permis de déterminer que la chanson égyptienne était programmée juste après le tunnel publicitaire qui suivait le flash de trois heures. Je connais assez bien le coin où ça s'est déroulé, on pouvait même le voir à l'œil nu, droit devant la fenêtre de la salle à manger, avant que le père Jeanson fasse pousser son rideau de peupliers de rapport, un des rares que la tempête du jour de l'an ait épargné. En arrivant par les champs, le promeneur est assez surpris de se retrouver devant un à-pic de plus de cent mètres et de découvrir la luminosité courbe et blafarde de la muraille de calcaire. Enveloppé par le bruissement entêtant, venu des profondeurs, des vagues sur les galets, on est pris par la tentation de se jeter. C'est sur la gauche, là où la falaise se couche, qu'ils ont décidé de construire le port pétrolier pour éloigner de la ville les risques d'explosions. Le peigne des darses de béton partage l'anse où je me baignais, gamin, en une dizaine d'alvéoles où viennent accoster cargos et méthaniers. On s'y promène dans toutes les langues de cette misère qui pousse à s'embarquer sur des bateaux sans âme, à vivre devant un horizon de conteneurs et à ne connaître du pays pour lequel on travaille que le drapeau effiloché qui flotte à l'arrière du navire. Les cales déversent directement le gaz ou le pétrole dans les pipe-lines enfouis qui filent jusqu'aux cuves des raffineries. Tout le reste transite par le monstrueux serpent d'asphalte enroulé autour de la blancheur crayeuse, et j'entends rugir les moteurs à la peine quand le vent nous vient d'Irlande.

On sait que ce n'est pas là qu'elles sont mortes. Je ferme les yeux et j'imagine. Le type a installé l'un des cadavres à l'avant, à la place du mort, l'autre sur la banquette arrière, et ils sont retenus par les ceintures de sécurité pour donner l'illusion de voyageuses ordinaires. Les têtes ballottent au gré des virages, les longs cheveux glissent, découvrant les fines marques de strangulation auréolées de bleu. Le meurtrier slalome dans le bocage, évite une pelleteuse en maraude et prend le chemin communal dont l'extrémité est interdite à la circulation en raison des éboulements provoqués par les vibrations du chantier. Il s'arrête près de la croix aux Veuves, un calvaire jadis honoré par une procession de femmes de marins, à la mi-août, et dont témoigne une série de rééditions de cartes postales à destination des touristes, en vente à l'épicerie du village. Il sort, fait le tour de la carrosserie en scrutant les ténèbres pour s'assurer que personne d'autre n'a pris possession des lieux, détache les sangles. Il passe un bras sous les cuisses de la première jeune fille tandis que son autre bras passe dans son dos, quand il la soulève leurs joues se frôlent. Il marche lentement vers le bord de la falaise, les épaules rejetées vers l'arrière pour ne pas riper sur le gravier. Il traverse le chemin des douaniers tracé en parallèle au vide dans l'herbe battue par le vent. Les rafales soulèvent la jupe du costume de majorette et les franges blanches qui barrent la poitrine, les bottines crème viennent battre doucement contre son genou droit. Un coup de rein, une poussée des bras et des mains puis plus rien que le ressassement des vagues dans lequel se perd le choc du corps sur la plage. Il retourne prendre le chapeau rouge constellé d'étoiles, le bâton argenté aux embouts lestés de caoutchouc et les jette vers les flots noirs, avant de s'occuper de la deuxième majorette et de ses attributs.

C'est un pêcheur qui a repéré les corps deux jours plus tard depuis son embarcation, mais entre-temps les pluies d'automne avaient effacé les traces du passage du meurtrier. Les gendarmes ont tout ratissé, ils sont même venus perquisitionner ma maison située dans le périmètre des investigations, ce qui ne m'a pas donné l'occasion de revoir Gérard Troncar, le capitaine Troncar depuis qu'il était monté en grade. En vacances. J'ai eu droit à son adjoint, un type pas franc du regard sous sa visière, avec ses épaulettes de chaque côté. J'ai laissé la musique à fond pendant leur visite et ils n'ont pas demandé que je l'éteigne. Ça impressionne, les chants grégoriens. J'ai lu qu'ils avaient saisi le contenu de tous les aspirateurs des stations-service, à dix kilomètres à la ronde, et que les analyses étaient encore en cours. Le journaliste croyait savoir qu'un tueur en série avait été arrêté aux États-Unis, quand un enquêteur avait retrouvé les poils de dix de ses victimes mêlés aux siens dans le sac-poubelle d'un car-wash qu'il avait l'habitude de fréquenter. Comme quoi, on ne se méfie jamais assez de ce qu'on sécrète.

J'ai conservé la maison dans l'état où je l'ai récupérée à la mort de maman. Mon seul luxe, ça a été de sonoriser toutes les pièces : une vingtaine de petites enceintes noires reliées à la chaîne stéréo du rez-de-chaussée au moyen d'un câblage agrafé et collé sur la tranche des plinthes. Le matin, je place une dizaine de galettes dans le chargeur de CD et j'en ai pour la journée. En ce moment, c'est Manolo Carracol qui chante « Tu cuerpo es una custodia », un des morceaux les plus érotiques de la musique flamenca.

Ton corps est un tabernacle
Qui possède plusieurs escaliers pour monter au ciel...

Je n'étais pas revenu pendant trente ans et tout n'avait fait que vieillir. Les tentures se sont chargées de poussière, le cuir des canapés a pris la texture impossible de la peau de ces Indiens sans âge, sur les photographies des ethnologues, les tapis ternis montrent leur trame, des lignes que j'interprète dans mes rêveries comme s'il s'agissait de celles de paumes strient les plafonds. Les chiures des mouches troublent le regard des ancêtres dans leurs cadres dorés. On continue à l'appeler le château de l'Ingénieur, bien que mon père ait disparu alors que la maison était encore en construction. De toute mémoire, les seuls étrangers à venir s'installer ici le faisaient à l'occasion de mariages. Mes parents avaient été les premiers à quitter la ville, et au lieu de bâtir bas, trapu, vite masqué par la végétation, ils s'étaient dressés dans le paysage avec une tour crénelée, équipée d'une éolienne qui fournissait assez d'énergie pour éclairer la maison et faire monter l'eau du puits. Je grimpe souvent là-haut avec une paire de jumelles et j'observe les nuages, les oiseaux, les arbres, les humains... J'ai toujours été un contemplatif, et j'ai le sentiment que cela me vient de la manière dont les gens d'ici m'ont accueilli quand j'avais huit ans. La manière plutôt dont ils ne nous ont pas accueillis... Je n'ai pas connu leurs jeux, leurs cachettes ni les défis qu'ils se lançaient, pas plus que les baisers furtifs des filles. Il a fallu la mort de mon père, sa photo dans le journal, la cérémonie à l'église, le défilé dans le cimetière, pour que l'adversité s'atténue. L'article est encore dans un tiroir, jauni, avec le dessin expliquant comment la turbine du sous-marin avait explosé lors des essais, tuant cinq ingénieurs et autant d'ouvriers. J'ai existé grâce au malheur.

Il repose à trois cents mètres, avec maman, dans un caveau entouré d'une grille en fer forgé, agrémenté de colonnes et pilastres, alors qu'ici tout le monde se contente d'une tombe ramassée sur laquelle le vent glisse sans rencontrer la moindre résistance. La sépulture des deux gamines est située un peu plus loin, près du point d'eau et de l'appentis où les cantonniers remisent leurs outils. Pendant des semaines, on aurait dit un champ fleuri, les bouquets, les coussins et les gerbes s'amoncelaient par dizaines, puis le flot s'est tari et une autre tombe s'est chargée d'éclosions blanches, celle d'un môme de dix-huit ans tué en rencontrant une pile de pont, à 160 à l'heure, au retour d'une nuit de fête en discothèque. En réglant les jumelles au maximum de leur puissance, je peux lire l'épitaphe gravée dans le marbre : « Joël Trignan, 1984-2002. Que je t'aime. »

La tête recouverte d'un fichu noir, une femme accroupie nettoie les portraits souriants des deux majorettes. Elle écarte les cuisses, pose un genou sur la pierre tombale tandis qu'un enfant d'une dizaine d'années au visage fermé trace de la pointe de son soulier un petit chemin dans le gravier de l'allée. Viviane, l'une des seules filles du village qui osaient me parler, me sourire, passait son temps à enfiler des perles minuscules aux teintes improbables, à confectionner des colliers, des bracelets et toutes sortes de petits tableaux représentant des animaux. Pour l'anniversaire de mes onze ans, elle m'avait offert une tortue mauve et grège qu'elle prétendait centenaire. Comme je refusais de la croire, elle m'avait livré son secret : le matériau dont elle usait provenait de la décharge du cimetière où les fossoyeurs jetaient les fleurs fanées, les objets brisés, les éclats de marbre. En creusant, elle avait trouvé d'antiques compositions, des « à mon époux tant aimé », « à un fidèle compagnon », des « mort au champ d'honneur » calligraphiés avec des rangées de perles artisanales dont le secret de fabrication, de coloration s'était perdu. Entre mes mains, la tortue avait immédiatement dégagé une odeur d'ossements qui nous sépare, Viviane et moi, à tout jamais. Est-ce que les fillettes tricotent encore aujourd'hui des figurines avec les offrandes faites aux morts ?

Je me suis perdu un moment dans l'observation de la campagne, tout d'abord attiré par la progression saccadée d'un lièvre au milieu d'une parcelle où poussait du maïs, puis j'ai dérivé en direction d'une des granges du père Jeanson. L'un de ses fils, je crois avoir reconnu Sébastien que j'ai croisé en classe de fin d'études où il a stagné deux ou trois ans, se branlait avec véhémence, la tache blanche du slip à hauteur des mollets, le pantalon en tire-bouchon sur les chevilles. Il a poussé une porte et quelque chose a remué à la lisière de l'ombre. Je me suis redressé sur mon siège, impatient de savoir qui se commettait avec l'innocent, avant de comprendre qu'il s'occupait du cul d'une vache.

J'ai baissé les paupières et je me suis laissé emporter par la musique. Il m'a fallu plusieurs secondes pour m'apercevoir qu'un son étranger interférait dans le « Giuntosul passo estremo » du *Mefistofele* de Boïto gravé par Enrico Caruso à Milan, un siècle auparavant. J'ai fini par identifier les cinq notes préliminaires de la « Cucaracha » que carillonnait la sonnette de la porte d'entrée à la moindre sollicitation. La femme qui entretenait la tombe des deux fillettes se tenait sur le seuil, tenant le gamin au visage buté par la main. Elle avait libéré ses cheveux du fichu noir et des mèches volaient devant ses yeux. Elle a esquissé un sourire qu'elle a accompagné d'un mouvement de la tête.

— Bonjour. Vous êtes bien Jean-Luc Mestrem...

J'ai dodeliné de la tête.

— Oui...

— J'ai eu beaucoup de mal à venir jusqu'ici... On ne se connaît pas...

J'ai haussé les épaules tandis que dans mon dos, Caruso lançait le « Ah vieni qui... » du *Germania* de Franchetti. Je savais qu'elle était la mère des deux majorettes assassinées, qu'elles portaient toutes trois le nom d'un cultivateur du coin, Borain, celui de son père ou de son beau-père avec lequel j'avais traîné mes guêtres, un demi-siècle auparavant. Je savais aussi que j'aurais dû faire l'effort de suivre le convoi funèbre. Je me souviens qu'à l'époque, et comment le leur expliquer, j'avais déjà du mal à traîner mon ombre. Elle a jeté un coup d'œil sur les lettres, les publicités que le facteur glissait sous la porte et que je me contentais de rabattre du pied vers un vase haut qui servait à égoutter les parapluies.

— Je suis la fille de Viviane... Ma mère m'a dit que vous étiez amis...

Je n'ai pas eu besoin de me retenir de lui dire que je pensais justement à elle, quelques minutes plus tôt, et à la tortue centenaire qui déjà puait la mort. Elle a fouillé dans la poche de son blouson pour sortir un petit rectangle de carton qu'elle m'a tendu. J'ai reconnu une des cartes de visite du temps où j'étais le roi de la filature.

— Mon père parlait souvent de vous, lui aussi. Après sa mort, j'ai retrouvé deux cassettes d'émissions de télé dans lesquelles vous étiez venu parler de votre métier... C'est pour ça que je suis là... Il m'avait dit que si un jour j'avais des ennuis, je devais faire appel à ce détective et qu'il me sortirait de la mouise. C'est bien de vous qu'il s'agit, non ?

Je lui ai redonné le vestige et, touché par sa détresse, je me suis fendu de mes plus longues phrases prononcées depuis des mois.

— Oui, c'était moi, il y a bien longtemps... Désolé, mais j'ai raccroché l'imper et le chapeau il y a maintenant près d'un an. Définitivement. Je suis revenu au village pour y passer ma retraite, tranquille, dans la maison de mes vieux. Les seules choses que je file aujourd'hui, c'est les poissons, et je peux vous confier qu'ils ont toutes leurs chances...

Mon discours a eu l'effet inverse de celui que j'escomptais. Elle a poussé son gamin silencieux devant elle et est entrée dans le couloir.

— Vous ne pouvez pas savoir. Chacune de mes secondes est comme marquée au fer rouge par leurs deux sourires. Je ne cesse de placer mes pas dans les leurs, j'essaie de comprendre ce qui aurait pu m'échapper, de retrouver la moindre de leurs phrases, de percer à jour les sous-entendus, les secrets qu'elles partageaient. Pendant des mois, j'allais matin, midi et soir à la gendarmerie pour leur apporter une lettre, leur confier un soupçon, une intuition... Au début, ils étaient prévenants, puis ils ont commencé par me dire que l'enquête était bloquée, qu'elle ne redémarrerait que si on mettait en lumière un fait nouveau. La semaine dernière, c'est tout juste s'ils ne m'ont pas mise à la porte... Vous êtes mon dernier espoir...

J'ai posé la main, bras tendu, sur le mur opposé pour lui signifier que je ne souhaitais pas qu'elle aille plus loin. Derrière moi, le ténor attaquait sans faiblir un deuxième extrait du *Mefistofele*, « Dai campi, dai prati ».

— Je vous comprends, mais je suis hors-jeu. Je ne peux vous être d'aucun secours...

Elle a promené son regard sur les meubles ternes, les rideaux alourdis par l'humidité marine et la nicotine, la peinture écaillée, le matelas de lettres sous nos pieds.

— Je ne vous demande pas de me rendre un service. J'ai de l'argent, je peux payer...

— C'est gentil de vous inquiéter pour moi, mais j'ai largement de quoi voir venir. Toutes les enveloppes, par terre, sont bourrées de chèques.

Elle a repris son gamin par la main avant de tourner les talons. Ils ont descendu la marche et fait quelques pas sur l'allée du jardin envahie par les mauvaises herbes. Je me perdais dans le balancement de sa robe autour de ses hanches quand elle s'est retournée et qu'elle a tiré sur la fine bretelle de tissu, dénudant une épaule.

— Quand on se baignait, l'été à la plage, et que je lui demandais ce qu'il avait là, en haut de la poitrine, la cicatrice avec le trou au milieu, il me parlait de vous. Il me racontait comment ça s'était passé, à Moulin-Palestro quand vous êtes tombés dans une embuscade et qu'il s'est jeté devant vous pour vous plaquer à terre... C'est lui qui a pris la balle qui vous était destinée...

La première chose qui m'a surpris, à cet instant, c'est qu'il lui en ait parlé à la plage, justement.

On venait de crapahuter pendant toute la journée, et on avait décidé de faire une halte près des sources chaudes, à une encablure de la ferme incendiée par les rebelles, un mois plus tôt. D'après l'état-major, les paras avaient pacifié le secteur et on n'avait plus rien à craindre, à part les mines. On s'est tous mis à poil, et on s'est dirigés vers le rocher en surplomb. J'ai sauté le premier, suivi par Guillaume. Ils devaient nous observer depuis le début, mais ils ont attendu qu'on sorte de l'eau et qu'on chahute sur le sable brûlant du désert pour commencer à nous aligner. J'ai vu une tête exploser, à un mètre de moi, et je suis resté figé, incapable du moindre geste. C'est à ce moment-là que Guillaume m'a sauté dessus, comme un arrière, au rugby, et que son sang m'a giclé à la figure. Un hélico était venu le prendre dans la soirée, et on l'avait transféré dans un hôpital militaire, près d'Alger. Nous ne nous étions jamais revus.

Je suis descendu dans le jardin.

— Comme ça, tu es la fille de Guillaume Lanster...

— La fille de Viviane et de Guillaume, oui...

Je l'ai prise dans mes bras.

— Tu ne pouvais pas le dire plus tôt ! Entre...

Le temps a filé après le départ de Véronique et de son fils, Gilles. Le soir, en écoutant une série de monodies grégoriennes chantées par un chœur de femmes, l'ensemble *Discantus*, j'ai profité de la douceur du temps pour allumer le barbecue et me faire deux douzaines d'huîtres à la braise. Je les ai posées une à une sur la grille tandis que s'élevaient les chants en hommage à Marie, mère de Jésus, Élisabeth, mère de Jean-Baptiste, et Rachel, mère des Innocents. Dès qu'une bestiole commençait à frémir, je versais une cuillerée à soupe d'un mélange de petit chablis, d'échalote finement coupée, de sel et de poivre. Dans un dernier sursaut, le mollusque gobait la préparation, puis je comptais jusqu'à dix, comme me l'avait appris André, un collègue originaire de Salamanque, pour porter la coquille brûlante à mes lèvres et en aspirer le contenu. La bouteille y passe. La lucidité aussi.

Le lendemain matin, une brume grise noyait le bocage. J'ai pris la voiture pour couvrir le petit kilomètre qui me sépare de la gendarmerie. Je me suis garé sur un des emplacements réservés aux véhicules bleu nuit. Un jeune pandore, aussi aimable que la météo, est venu se planter devant moi alors que je claquais la portière.

— Il faut dégager, vous ne pouvez pas rester là...

Je me suis contenté de pointer le doigt vers les étages, sans même le regarder.

— Je viens rendre visite à ton chef... Troncar... Si elle gêne, tu peux la déplacer : j'ai laissé les clefs au tableau de bord.

Dans le hall, des affiches promettaient un avenir radieux aux futurs engagés. À voir les mines renfrognées de ceux qui avaient signé, on pouvait espérer faire fortune en attaquant l'État pour publicité mensongère. J'ai grimpé l'escalier jusqu'au deuxième. Une femme photocopiait un passage du catalogue de La Redoute. La machine, capot ouvert, zébrait de vert fluo le plafond et les murs. J'ai longé le couloir en jetant un coup d'œil dans chacun des bureaux. Gérard Troncar occupait le dernier, une pièce en angle équipée d'une deuxième porte qui donnait sur un escalier de secours. Sa soixantaine massive débordait sur les accoudoirs. Il a soulevé les sourcils.

— Salut, le Parisien... Je me demandais quand tu allais finir par trouver le chemin. Tu n'as pas trop changé...

J'ai débarrassé la chaise de l'attaché-case qui y était posé. Je me suis assis.

— Ça ne fait jamais que quarante-cinq ans, la dernière rencontre...

Il a remué la tête, en signe de dénégation. Je suis prêt à parier que j'ai alors entendu battre ses bajoues.

— Parle pour toi ! Moi, je t'ai vu à la télé, pas plus tard que l'année dernière. Une fraction de seconde, dans le journal de PPDA, juste avant qu'ils te mettent une couverture sur la tête et qu'ils t'emballent dans un fourgon devant le Palais de Justice de Paris... Une affaire de viol, si je me souviens bien.

J'ai accusé le coup en réalisant que ses collègues avaient dû faire venir mon dossier dès l'annonce de la disparition des gamines, et que mon nom avait certainement figuré en bonne place sur la liste des suspects.

— D'abord, c'était il y a deux ans. Ensuite le juge d'instruction a reconnu son erreur. C'était un coup fourré, la fille s'est rétractée. J'ai obtenu un non-lieu, mais dans l'intervalle j'avais plongé trois mois en taule et je m'étais fait éjecter de mon boulot...

Il a repoussé son clavier d'ordinateur pour poser ses coudes à la place.

— La vie n'est simple pour personne. Qu'est-ce qui t'amène ? Tu as de nouveaux ennuis ?

À voir son air gourmand, il était clair qu'il se tenait prêt à m'en créer, si des fois j'étais en manque.

— Non, de mon côté, tout va bien. Je suis là à cause de Lanster... Ce n'est pas qu'on était potes, mais c'est le seul de la bande que j'ai revu par la suite. On s'est retrouvés ensemble en Algérie, par hasard. Sans lui je serais revenu dans un cercueil de zinc. Je ne savais pas qu'il avait passé l'arme à gauche. C'est sa fille qui me l'a appris hier.

Il m'a tendu un verre de café.

— Un cancer du foie alors qu'il ne buvait presque pas. Il est parti en trois mois. Alors comme ça, tu as vu Véronique, la mère des deux majorettes...

Le sourire allusif qui flottait sur ses lèvres était de trop.

— Oui... Pour être tout à fait franc, elle m'a demandé de l'aider. Je n'ai pas pu faire autrement qu'accepter... Je voudrais que tu m'expliques pourquoi on a balancé ses gamines à la mer.

Il est resté silencieux un petit moment, le temps de peser le pour et le contre, puis il a fini par se décider. Il s'est levé en se dandinant pour s'extraire de son siège.

— Le mieux, c'est d'aller faire un tour. On discutera en route.

J'ai pris le volant. Il m'a tout d'abord demandé de mettre le cap sur Stanval. Le village situé à une douzaine de kilomètres avait figuré dans le *Livre des records*, quelques années auparavant, pour avoir réalisé la plus grosse omelette au fromage du monde avec une circonférence d'une vingtaine de mètres. Un panneau illustré perpétuait le souvenir de l'exploit, à l'entrée du bled, mais l'air salin avait effacé le nombre d'œufs cassés à l'occasion, ainsi que le poids de gruyère râpé jeté dans la marée visqueuse. On a longé un élevage de poulets en batterie ainsi qu'une série de fosses revêtues d'une croûte verdâtre où était entreposée la fiente que des camions aspirateurs venaient vidanger chaque semaine pour l'emmener à l'usine d'engrais azotés. J'ai fait jouer les essuie-glaces dans l'espoir de décourager les mouches. Après un carrefour, Troncar m'a fait signe de m'arrêter devant le foyer, une sorte de grange en parpaing au fronton de laquelle claquaient les drapeaux commémorant la libération du village, en août, et oubliés depuis.

— C'est là qu'elles ont été vues, pour la dernière fois, le soir de la fête votive...

Il a poussé la porte. Sous les néons, des adolescents en chemisettes vertes et shorts blancs s'agitaient autour de deux rangées de tables de ping-pong. L'entraîneur observait les rebonds depuis une estrade décorée de guirlandes et de lampions. On a serré des mains et ramassé des balles au passage. Troncar est passé derrière le bar et m'a décapsulé une bière, d'autorité. On a trinqué.

— Ce samedi-là, je n'étais pas de service ; j'avais pris deux jours de récupération. Je ne sais pas si tu te souviens, mais il a fait un temps pourri toute la sainte journée. Les pontes du comité des fêtes de Stanval ont annulé le défilé et décidé de regrouper toutes les animations prévues à l'intérieur de cette salle, alors qu'elle devait seulement servir pour le bal de nuit. Trois fanfares, cinq escouades de majorettes, deux chorales, toutes les familles qui s'agglutinent pour ne pas louper une note du prodige, le public... Tu imagines le bordel !

— Je ne suis pas sûr d'y arriver... En tout cas, je fais l'effort...

J'ai remarqué que ce n'était pas le genre de repartie qu'il appréciait. Il a pris un petit paquet de pistaches dans le creux de sa main et a fait éclater le haut du sachet d'une pression des doigts.

— Il y avait beaucoup de monde de chez nous. Les trente musiciens de la clique, les vingt majorettes, et le chœur du père Bronier dont certains membres font double emploi avec la fanfare. Tu te rappelles quand on chantait dans l'église ? Tu étais un des rares à t'intéresser à la musique... Le virus t'est resté, si j'en crois tous les compacts qui traînent dans ta bagnole... Tu pratiques toujours ?

On ne sait jamais à quoi s'en tenir avec les gros, leurs rondeurs donnent confiance, alors les idées qu'ils professent doivent nécessairement épouser leurs courbes rassurantes. On s'aperçoit avec un temps de retard qu'il y a de l'angle dans l'airbag, qu'on s'est fait avoir. J'ai renoncé à me demander s'il maîtrisait le second degré et j'ai laissé mourir sa question. Il a repris le cours de la conversation en faisant craquer des enveloppes de pistaches entre ses dents et en crachouillant du petit bois.

— La moitié du conseil municipal avait fait le déplacement, ce qui veut dire que, lorsque j'ai commencé mon enquête, l'ensemble des habitants de notre village a dû justifier de son emploi du temps. Je te prie de croire qu'à ce jeu-là on ne ramasse pas que des compliments. La clique a joué une dizaine de morceaux tirés de *Notre-Dame de Paris*. Les majorettes ont pris possession du podium vers neuf heures pour présenter trois chorégraphies : *La Marche américaine*, *Le Pont de la rivière Kwaï* et un truc de Céline Dion dont j'ai oublié le titre. J'ai la liste au bureau... La chorale a enchaîné. Les deux filles sont remontées sur scène pour faire les chœurs quand Gilles, leur frangin, a chanté « Le lion est mort ce soir », en solo et a cappella. Un triomphe au dire des spectateurs...

Je me suis baissé pour poser ma bouteille vide dans l'alvéole d'un casier en fredonnant presque malgré moi « Dans la jungle, terrible jungle... ».

— Je l'ai vu avec Véronique, sa mère... Pas très causant pour un môme de cet âge... Il a l'air d'en avoir pris un sérieux coup.

— Non, il a toujours été comme ça, même avant la mort de ses deux sœurs. Il est d'un naturel un peu trop timide. Je l'ai interrogé, et le caractère qui revient le plus souvent dans le procès-verbal, c'est le point de suspension... L'abbé Bronier me l'a confirmé : « Gilles chante divinement bien, mais il n'en décroche pas une. »

On a repris la voiture. Troncar m'a fait passer par une piste de tracteurs en terre blanche, d'abord tracée en parallèle de la nationale puis qui coupait en angle droit sur les falaises, entre les champs de maïs et de tournesol.

— Le seul témoignage dont on dispose sur le chemin qu'elles ont emprunté, c'est celui de Léonce, un pauvre type qui se loue de ferme en ferme depuis le jour où l'école a refusé de le garder, il y a quarante ans. Il avait été bloqué dans une grange par les orages. D'après ce qu'il dit, il s'est endormi jusqu'au petit matin. Quand il s'est réveillé, il a pris sa Mobylette pour rentrer chez sa mère, dans la seule ferme du coin qui n'a pas été remise en état après le débarquement. Un véritable monument historique ! Il se souvient que, dans ce secteur, une bagnole a failli le faucher, et qu'il s'en est sorti de justesse en se jetant dans le fossé. Il en avait gardé une image dans la tête, une jolie fille avec un chapeau, mais il avait tellement picolé dans l'après-midi que deux jours après il se demandait encore s'il n'avait pas fait un rêve à 12,5° ! C'est sa vieille qui nous l'a envoyé... Après, on prend sur la gauche jusqu'au port méthanier, à trois bornes, et là ça se recoupe avec les déclarations de l'ouvrier du chantier qui faisait du tourisme nocturne au volant du bull de son patron...

J'ai longé la côte, accompagné par les cris des mouettes et des cormorans. On est venus se garer près de la croix aux Veuves. Un poète avait récemment graffité sa colère contre les digues qui bousillaient le paysage en contrebas : « Une barre + une barre = barbare. » Le capitaine a fait quelques pas et approché les bouts ronds de ses chaussures de l'à-pic. Je n'aime pas jouer à me faire peur, et je suis resté à un mètre du ciel.

— C'est là ?

— Oui, les corps ont certainement été rabattus par le vent. Ils se sont fracassés sur un mélange de débris de falaise et de béton qui se trouve un peu en retrait. Il fallait venir de la mer pour les voir. Si tu as lu les journaux, tu sais qu'elles n'ont pas été violées. Je peux te confier que l'autopsie précise qu'elles n'étaient vierges ni l'une ni l'autre. De ce côté-là, ça n'a pas changé, on commence tôt dans le pays. Qu'est-ce que tu fous tout seul dans ta baraque depuis des mois ?

Il avait dit ça dans la foulée, sur le même ton, en continuant à regarder les galets bousculés par les flots.

— Rien. J'entends des voix, j'écoute de la musique.

— On se revoit de temps en temps, tous les anciens de la chorale. Pas pour pousser la chansonnette, je te rassure... C'est l'occasion de faire un bon gueuleton et de boire un coup en se racontant toutes les conneries qu'on a pu faire dans notre jeunesse. Plusieurs fois, on a pensé à toi... Comme tu ne donnais pas signe de vie, on n'a pas osé. Déjà à l'époque, tu n'étais pas facile... Tu ne serais pas contre ?

Le fantôme déchiqueté de mon père, l'ingénieur, a flotté sur son « déjà à l'époque ». J'ai fait semblant de ne pas me souvenir comment les mômes du village me faisaient subir mon état de pièce rapportée. Je me suis contenté d'une réponse de Parisien.

— La prochaine fois, passe-moi un coup de fil... Sinon, vous travaillez dans quelle direction ?

— Plusieurs, tu dois t'en douter. On ratisse le local, sans trop de résultat jusqu'à présent. On tient deux fils assez fragiles qui mènent à l'étranger.

Un porte-conteneurs aux flancs rouillés a lancé trois coups de sirène en se présentant entre les balises du port.

Troncar m'a tout d'abord parlé de Rodolphe Alvarez, un forain d'une vingtaine d'années qui avait fait les frais de la rumeur au cours de la première semaine, après la découverte des corps. Émilie, la plus âgée des deux filles, était restée un bon bout de temps à discuter avec lui près de la caisse de la piste d'autos tamponneuses que sa famille, des Gitans belges et andalous, installait sur toutes les places d'Europe. Le temps de rassembler des témoignages, de les recouper, les perches des bolides caoutchoutés faisaient éclater leurs étincelles électriques sous le ciel barcelonais.

— Le juge d'instruction est de bonne volonté, il veut l'entendre. Le problème, c'est qu'il lui faut remplir une pile de formulaires épaisse comme la Bible et débloquer des crédits pour le transport de justice ! Pour l'autre piste, c'est de la même eau... On a relevé les rôles de tous les navires qui mouillaient dans le port, et les listings ont été ingurgités par les ordinateurs. Un groupe de marins pakistanais du *Belérian*, un pétrolier russe, s'est fait remarquer à la fête. Il se trouve qu'un des membres de l'équipage possède une fiche de signalement à cause d'une condamnation pour attouchements. On a failli le coincer lors d'une escale en Amérique du Sud, à Montevideo, mais rien ne dit qu'il était à Stanval.

Sur le chemin du retour, il a tenu à ce qu'on mange un morceau dans une baraque à frites posée, pas loin de chez Jeanson, sur un ancien virage de la nationale abandonné au moment de son élargissement. Je me suis régalé, contre toute attente. Derrière le camion Trafic sur cales qui lui servait de roulante, le patron bricolait le bar et le bouquet, l'araignée et l'étrille pêchés le matin même. C'est seulement en servant les cafés qu'il a décliné son identité.

— Je croyais que tu allais finir par me remettre ! Jean Lamoutarde... On ne m'appelait jamais autrement que Jeannot Lamoutarde dans la chorale. C'est peut-être pour ça que je me suis lancé dans la bouffe...

Même avec le sous-titre, j'étais incapable de me rappeler le film... J'avais beau me creuser les méninges, son visage, sa voix, sa démarche, rien ne me disait rien. J'ai fait semblant, pendant qu'on partait. Il n'a pas voulu qu'on paye et, au clin d'œil que m'a lancé Troncar, j'ai compris que c'était la règle. Après un crochet par la gendarmerie, je suis allé m'installer au sommet de ma tour, une couverture sur les épaules, pour écouter de bizarres polyphonies syncopées, des accords chantés à trois voix, en pleine puissance, par des paysans svanes. J'ai eu l'idée de me relever pour prendre un atlas, mais assez vite la force de leur musique m'a dissuadé d'aller pointer mon doigt sur une carte.

Le lendemain matin, un jeudi, il faisait un temps de saison que les gens du coin définissent d'une phrase : « Ça devrait se maintenir. » De la brume pleine de flotte en suspension, remuée par un petit vent de nord qui allait dégriser le ciel sans rien sécher. J'ai enfilé un gilet avant de passer ma veste et je suis sorti. Il fallait marcher le long des haies pendant un bon kilomètre pour atteindre les premières maisons du village, de grosses fermes bourrées de laitières qui se gavaient d'herbe grasse et iodée sur les prés enclos des falaises. Les murs des cours et des dépendances, en enfilade, amplifient le bruit des pas, puis on arrive sur la place du marché flanquée de ces bâtiments blafards en grosse pierre crayeuse qui ont ordonné le paysage après les bombardements alliés. Les projectiles avaient épargné le clocher de l'église. La légende locale en attribuait le mérite au saint auquel elle était dédiée, Guénolé, dont les marins en perdition et les femmes stériles invoquent ordinairement le nom. J'ai poussé la porte. Deux vieilles en noir se recueillaient devant l'autel, agenouillées, un homme accompagné d'un enfant allumait un cierge tandis que des touristes attardés comparaient l'original d'une statue de bois polychrome à sa reproduction figurant sur leur guide. Je me suis approché d'une femme occupée à balayer les dalles de la nef.

— Bonjour... Vous savez où je peux rencontrer l'abbé Bronier ?

Je l'ai reconnue à son bec-de-lièvre quand elle a relevé la tête. Une des filles d'un éleveur de volailles qui vivait la même mise à l'écart que moi, à l'époque. Rien ne s'est allumé dans son regard.

— Il faut ressortir. Normalement, M. l'abbé fait chorale, le jeudi à partir de dix heures. Il arrive toujours en avance et se prépare dans la salle du catéchisme. C'est derrière l'église, à droite du monument aux morts.

Je pouvais y aller les yeux fermés. Le temps semblait avoir épargné la pièce toute en longueur aux murs percés de fenêtres arrondies pour évoquer la forme des vitraux. Les fresques naïves, la Cène, le Chemin de Croix, la Crèche, les Rois mages, se reflétaient toujours dans le parquet impeccablement ciré. Je les avais vu peindre par un artiste venu du Havre, qui ensuite s'était emparé des flancs du château d'eau sur lesquels il avait d'un côté dessiné des lettres ombrées composant le nom du village, et de l'autre le blason adopté par le conseil municipal : la proue d'un drakkar, deux épis de blé et trois moutons superposés, le tout sur fond azur bordé d'or. Le maire, poète à ses heures, s'était fait battre par ses colistiers sur le choix de la devise, ce qui avait épargné aux promeneurs la lecture aérienne de « À Préval, honneur et justice prévalent ». J'ai traversé la salle vide en toussotant, pour attirer l'attention, sans que personne se manifeste. Une porte entrouverte donnait sur les vestiaires, une autre sur la cave et la chaufferie. Une sorte de murmure a attiré mon attention. Je me suis approché, et le chuchotis a pris des accents de plainte. Apparemment, ça venait des toilettes. J'ai fait encore quelques pas et j'ai incliné la tête en direction de la voix. Sous la lumière crue du néon, un homme d'une trentaine d'années, habillé de sombre, se tenait droit devant les lavabos, les lèvres agitées par une sorte de tremblement, le regard fixé sur son reflet que lui renvoyait la glace. Je me suis concentré pour saisir les paroles qu'il psalmodiait.

— Je vous en supplie, Seigneur... Je fais tout ce qui est en mon pouvoir de simple mortel... Je respecte votre parole dans chacun de mes actes, mais des pensées me viennent, m'assaillent, m'envahissent... Je leur résiste du mieux que je peux. Il m'arrive pourtant de voir mon esprit quitter les lignes des livres saints et s'égarer vers ces chemins tortueux et boueux. Oh ! Seigneur...

À ce moment précis, il a commencé à se débraguetter en pleurant, il a tiré sur son slip, sorti une queue en formidable érection et soulevé ses couilles à pleines mains.

— Mais pourquoi, pourquoi m'avez-vous mis ça entre les jambes ! Oh ! Seigneur, je n'en peux plus, aidez-moi, je vous en supplie...

Un bruit de cavalcade, sur les lames du parquet, a brusquement mis un terme à sa transe. Il a repris ses esprits en même temps qu'il rangeait ses organes dans son pantalon. Quand j'ai battu en retraite, deux gamins m'ont bousculé et sont entrés, essoufflés, dans les vestiaires.

— Bonjour, mon père...

— Bonjour, les enfants.

Je me suis fait la tête de l'innocent qui arrivait sur leurs talons.

— Bonjour, monsieur l'abbé... Si vous avez un moment avant le cours de chant, j'aurais aimé vous parler... Je m'appelle Jean-Luc Mestrem et j'enquête pour le compte de la famille sur le meurtre des deux filles de Véronique Borain. On pourrait se mettre dans le bureau du fond, sous le portrait de Pie XII...

Il a eu un sourire un rien condescendant.

— Cela fait bien longtemps que vous n'êtes pas venu, mon frère, et j'ai bien peur qu'on l'ait égaré, de même que ceux de ses deux premiers successeurs.

Nous nous sommes assis sous le regard oblique de Karol Wojtyta, filtré par la vitre fumée de sa papamobile.

— Vous êtes d'ici, monsieur Mestrem ? Je ne vous ai jamais vu à l'église, à moins que la mémoire ne me fasse défaut...

Il remuait les mains en parlant, et l'image de ses doigts boudinant ses testicules, dans les chiottes, perturbait notre conversation sans qu'il s'en doute. J'ai respiré intensément pour bloquer le fou rire que je sentais naître.

— Non, j'ai pris ma retraite il y a quelques mois dans la maison de mes parents, celle qu'on appelle le château, sur la route des Forges. J'ai passé mon enfance ici, au temps des soutanes, des cornettes et de la messe en latin. Le décorum me manque... Je faisais partie de la chorale que dirigeait l'abbé Germain.

— Un très saint homme et un très bon pédagogue que Dieu avait rappelé à Lui bien avant que j'arrive à Préval. Que voulez-vous savoir ?

Derrière la cloison, le brouhaha s'amplifiait au fur et à mesure de l'arrivée des gamins.

— Tout d'abord que vous me racontiez comment l'après-midi et la soirée se sont déroulés, à la fête paroissiale de Stanval, et ensuite...

Il m'a interrompu.

— Ce sera très rapide : je n'étais pas sur place. Je suis parti le vendredi précédent pour une retraite chez les moines du Désert de Poligny, dans la forêt de Nemours. Je ne suis revenu que le mercredi, le jour où les corps de ces malheureuses enfants ont été retrouvés au pied de la falaise. Je ne sais que ce qu'on a voulu me dire, et vous vous doutez bien que je ne peux trahir le secret de la confession.

— Vous avez discuté avec leur jeune frère, Gilles ?

Il a plaqué ses paumes l'une contre l'autre.

— Discuter est un bien grand mot. La conversation se limite à des « oui » et des « non ». Il est incapable d'exprimer sa souffrance autrement que par le chant. Il faut l'entendre interpréter « Summertime », il vous glace les sangs, c'est aussi poignant que par Billie Holiday, et plus troublant. On se demande où un enfant de dix ans va puiser cette incroyable justesse d'émotion. Il l'a chanté à Stanval, et, exceptionnellement, la chorale était dirigée par Lucien, un laïque qui me seconde... Écoutez, ça s'est calmé à côté, c'est signe qu'il a fini par arriver. On ne va pas tarder à entendre les premières notes de la *Liebesliederwalzer* de Brahms avec lesquelles il se déride les doigts à l'harmonium...

Je l'ai suivi jusque dans la salle aux murs illustrés. Les inscriptions sur les tee-shirts, les casquettes ou les jeans de la quinzaine de mômes rassemblée autour du musicien déclinaient les initiales d'une bonne moitié des équipes vedettes de basket américaines, au milieu desquelles deux polos des Journées mondiales de la jeunesse faisaient figure de marginaux. L'organiste a senti notre présence au silence qui s'était installé dans son dos, et il s'est retourné en faisant pivoter son tabouret. On s'est mutuellement identifiés, au quart de seconde. Il s'est levé, m'a tendu la main.

— Salut, Jean-Luc, ça fait un sacré bail ! Tu es revenu prendre ta place dans la chorale ?

— Si vous avez du Paolo Conte au répertoire, je pense que je peux encore faire illusion devant un parterre de malentendants...

C'est curieux comme une sollicitation imprévue réactive mille sensations oubliées. Lucien Merlot ne figurait plus à mon inventaire portatif depuis des lustres... Il suffisait d'une rencontre pour qu'il réinstalle massivement sa carrure dans ma mémoire. Je l'avais effacé, et cependant c'était mon seul véritable pote de ce temps-là. Notre alliance avait été scellée un soir de décembre 1953, juste après Noël, alors que le vent faisait danser des volutes de neige au-dessus des vagues. Le futur capitaine Troncar m'avait surpris alors qu'assis dans un blockhaus je feuilletais un numéro de *Cinémonde* qui m'avait atterri entre les mains je ne sais trop comment. Une petite lampe Wonder braquée sur le papier, j'admirais la presque totalité de l'épiderme de Brigitte Bardot, imaginant ce que cachaient les deux pièces du bikini qu'elle promenait sur une plage méditerranéenne. La légende évoquait son mariage, quelques jours auparavant, à l'église de Passy, avec le metteur en scène Vadim dont le journal livrait le nom véritable, Roger Vladimir Plemiannikov, qui s'accordait à merveille aux bourrasques et au tapis d'ouate posé sur les prés. À peine entré dans le fortin, Troncar s'était emparé de la revue d'un geste vif et s'était mis à danser une sarabande en frottant la photo de l'actrice contre son sexe. Quand j'avais tenté de récupérer mon bien, son poing s'était écrasé sur mon nez. C'est au cœur de la douleur qui me fermait à demi les yeux que j'avais vu Lucien venir à mon secours. Les rudiments de judo acquis auprès d'un des instituteurs de la communale avaient fait merveille, et Troncar n'en revenait pas de s'être retrouvé le dos dans la poussière après un balayage fulgurant. La lèvre amochée, il m'avait tendu l'effigie de Bardot en bredouillant que les gonzesses, ça mettait toujours la zizanie entre les mecs.

J'ai pris Lucien par le bras. Nous avons discuté quelques minutes ensemble pendant que le curé faisait pousser des vocalises à sa chorale pour placer les voix. Ce qu'il gardait en tête de cette fête de village, c'était la lourdeur de l'air, la tension électrique que faisait peser l'orage sur les objets et sur les êtres.

— Le ciel était présent comme jamais, ce jour-là, on levait le regard vers lui en attendant que ça craque, même si on le redoutait. Le soulagement n'est pas venu après la première ondée. Les gouttes éclataient dans la poussière, sans parvenir à la mouiller, et c'était pareil pour les nerfs. Il a fallu que le gros des nuages noirs se place au-dessus de Stanval, que tout s'y déverse. J'ai alors ressenti une sorte de soulagement physique, comme si ça se dénouait à l'intérieur. Les fanfares, les majorettes, le public, les cyclistes se sont précipités vers la salle des fêtes, en cohue. J'étais sur la scène, occupé à régler la sonorisation. Au bout de cinq minutes, j'ai cru voir monter un brouillard de vapeur au-dessus de l'assemblée.

Il a donné quelques signes d'impatience quand l'abbé Bronier a fait répéter à ses élèves les premières phrases musicales du *Chœur des prisonniers* de Beethoven.

— Tu es resté jusqu'à la fin du bal ?

Il a fait un geste pour prévenir qu'il serait libre dans deux petites minutes.

— Non, je ne me sentais pas bien, je suis sujet à l'asthme, et le spectacle avait lieu dans une ambiance de hammam. J'étouffais. Je ne peux que te confirmer ce que j'ai déclaré à Troncar, pour son procès-verbal : j'ai vu les deux gamines pour la dernière fois quand elles étaient sur scène pour chanter « Le lion est mort ce soir » avec Gilles, leur petit frère. Justement, il vient d'arriver... Après, j'ai démonté le matériel, rassemblé les tenues que ma femme lave et repasse après chaque concert, j'ai enfourné le tout dans le coffre de ma voiture, avec l'harmonium, puis je suis rentré directement à la maison. Pendant la journée, je n'avais pas eu une seconde à moi. Pas simple de tenir trente mômes ! Tu te souviens des conneries qu'on faisait, hein ? On se marrait bien ! Quand tu te trouves de l'autre côté de la barrière, c'est loin d'être aussi drôle...

Je l'ai laissé rejoindre l'abbé Bronier, et j'ai passé en revue tous les saints, sur les murs, accompagné par les notes initiales du « Je chante » de Charles Trenet murmurées, lèvres fermées, par l'ensemble de la chorale. Au moment où je poussais la porte, une voix cristalline s'est élevée sur cette sorte de tapis mélodieux. Un frisson a parcouru tout mon être. J'ai marqué un temps d'arrêt, la main sur la poignée, et fait un effort pour ne pas me retourner. C'était moi d'avant la mue, jusqu'à douze ans, en surplis blanc.

Coude sur le zinc, j'ai avalé un café lavasse au bar-tabac tout en parcourant, comme une vache regarde passer un train, les pages du canard local. Le jour précédent avait eu son exact content de bonheurs et de drames : on s'y était autant écrabouillés aux carrefours qu'à l'habitude, les champions de belote ou de cyclo-cross avaient agité le même nombre de coupes qu'un autre mardi ordinaire, et un nouveau rond-point paysagé fluidifiait la circulation aux abords d'une quelconque zone commerciale. Seule aspérité bosselant l'ordinaire, une brève signalait qu'à Douville-sur-Andelle un homme avait creusé lui-même la tombe de sa femme, dans le cimetière communal, incapable de faire face aux frais d'inhumation. J'ai ressorti la liste des contacts fournie par Troncar. J'ai coché le nom d'Anne-Cécile Husigne. La communication venait de s'établir, dans le recoin qui jouxtait les chiottes, mais il a fallu que je raccroche le combiné sans poids du publiphone, à cause d'un habitué qui se ramonait les bronches derrière la porte. L'appareil m'a bouffé ma pièce, une cinquante centimes d'euro teutonne. Quand la chasse a lavé le résultat des expectorations du voisin, j'en ai glissé une nouvelle dans la fente, à l'effigie du roi des Belges, qui a eu plus de chance. Ma correspondante m'a donné rendez-vous dans une ferme située à trois kilomètres de Préval, en début d'après-midi, pour le café. L'inventaire mental des rayonnages du frigo ne constituait pas une franche invitation à rentrer à la maison. Je me suis installé à la terrasse du restaurant *Chez l'Autre,* une plaisanterie qui faisait toujours rire, localement, un demi-siècle après la création de l'établissement par des natifs du bourg, les frères Chélin, dont le fils de l'aîné faisait partie de la chorale du père Germain. C'est lui qui servait, et il n'a pas joué le grand air des retrouvailles. Un sourire appuyé lui a suffi. J'ai tenté sa spécialité du jour, l'andouillette de poisson sauce dieppoise, une sorte de quenelle avec des morceaux, un peu comme ces yaourts équipés de vrais bouts de vrais fruits qu'on vante à la télé. L'intérêt, c'est que ça préparait bien le palais à recevoir le petit bordeaux blanc, un entre-deux-mers, conseillé par mon ancien condisciple.

Anne-Cécile Husigne m'attendait devant une véranda accolée à la porte d'entrée d'une ancienne grange, un teckel à ses pieds. Elle m'a fait signe d'aller me garer sous un acacia. Je n'ai jamais apprécié les modèles réduits. Le blaireau s'en est rendu compte dès que j'ai mis les pieds sur le gravier. Il s'est mis à grogner, à aboyer jusqu'à ce que sa maîtresse, une jolie blonde serrée dans un pantalon blanc, se baisse pour le prendre dans ses bras et le serre contre sa poitrine. J'ai regretté de ne pas avoir eu l'idée de grincer des dents le premier pour subir le même traitement. Il ne me restait qu'à me placer dans le sillage de ses ondulations pour traverser la verrière. La vaste remise dans laquelle on avait conservé quelques vestiges agricoles, haquet, croskill, faucard, charrue tourne-oreille, abritait maintenant une salle de danse au sol parqueté. Les miroirs scellés à même la pierre démultipliaient l'image des outils vernis et des vingt majorettes en tenue qui marchaient sur place à la cadence d'un vieux tube disco de Patrick Juvet, « Où sont les femmes ? » Le tambour-major braillait ses ordres pour couvrir les décibels de la sono :

— On appuie davantage sur le pied gauche, et on retient le droit sur « Où sont, où sont »... Vous entendez ? On appuie. Gauche, gauche, gauche... « Où sont, où sont », on retient. Et tu montes le genou plus haut, Marine. Tu brises l'angle, prends exemple sur Virginie...

Anne-Cécile m'a conduit vers l'escalier de la loggia aménagée à mi-hauteur, sous la charpente. Au passage, j'ai reluqué les gambettes en mouvement, le tressaillement coordonné des muscles sous les bas, le flottement des jupettes rose tyrien autour des culottes blanches. Elle a débarrassé une chaise au passage. Elle s'est assise derrière un bureau encombré de matériel informatique. Dès qu'elle a ouvert la bouche, elle a tenu à marquer sa proximité avec le capitaine Troncar.

— Gérard m'avait avertie de votre possible sollicitation. Je ne peux que confirmer ce que je lui ai dit...

— C'est très exactement ce que j'attends de vous. Une phrase identique peut résonner dans ma tête de manière différente que dans la sienne, et un détail anodin de son point de vue peut, du mien, s'avérer capital... Vous pouvez me préciser si ça fait longtemps que vous vous occupez de ce sympathique détachement ?

— Ce n'est pas l'Armée du Salut, mais un club de twirling bâton officiellement affilié à la Fédération de France... Je le préside depuis la mort de mon père, il y a deux ans. C'était un des tout premiers, en Europe, à se lancer dans cette discipline : en quarante ans, il a formé pas loin de cinq cents majorettes. Tous les jours, je croise de jeunes grands-mères qui se souviennent avoir défilé au rythme de « Hello, le soleil brille »... Au début, personne ne le prenait au sérieux. Il devait aller dans les bases militaires américaines d'Évreux ou de Châteauroux pour acheter les bottes à revers, les chapeaux, les pompons, et surtout les bâtons à pommeau que son ami Browder, un général deux étoiles de l'US Air Force, faisait venir du Texas.

Je me suis laissé prendre à la passion qu'elle mettait à défendre un sport dont le seul apport à la civilisation réside en sa capacité à ranimer la flamme dans le regard des Anciens.

— Vous avez accompagné votre troupe à Stanval le jour où les deux sœurs Borain ont été assassinées...

— Je suis présente à chacune de leurs répétitions, à chacune de leurs prestations. Un ensemble de majorettes, c'est une véritable famille. Croyez-moi, j'ai vraiment vécu leur disparition comme un drame personnel. D'ailleurs leur mère, Véronique, avait fait partie de la troupe, il y a une vingtaine d'années.

Au cours de la demi-heure qu'a duré notre entretien, je n'ai rien appris que je ne savais déjà. Seule information d'importance, Anne-Cécile m'avait précisé que d'habitude les déplacements se faisaient en car, mais en raison de la proximité du lieu du défilé, cette fois, chacun s'était débrouillé pour venir sur les lieux. Il avait été entendu que la même directive valait pour le retour. Elle avait récupéré les accessoires, bâtons, pompons et chapeaux, dès que la parade avait été terminée, chaque majorette étant responsable de l'entretien du costume et des bottines.

Quand on est redescendus, c'était la pause autour d'un buffet garni de Coca-Cola, d'eau minérale et de barres chocolatées. Une onde de chaleur entourait les corps en sueur. J'ai essayé de discuter avec le capitaine de la formation, la rousse aux traits énergiques qui jouait les adjudants sur le tube de Juvet. Dès qu'elle a compris vers quels écueils je l'emmenais, un rictus a effacé son sourire. Une heure plus tard, un verre de chablis à portée de main, je m'affalais dans le fauteuil, au sommet de ma tour, l'espace entier empli par les chants corses de *i muvrini*. Le ciel s'est assombri, et un orage tardif s'est abattu sur la voix de Jean-François Bernardini lançant depuis son île, la paume collée à l'oreille, les imprécations de l'« Amsterdam » de Brel. J'aurais voulu rester là et me réveiller au petit matin, vaguement gris et surpris de ne pas être dans mon lit, mais l'excitation née de la traque bouleversait la vie à laquelle je m'étais résigné. Le spectacle du soir qui enveloppait le rideau de peupliers, les nuages en lambeaux sur la ligne d'horizon, les langues de feu solaire au coucher ne me suffisaient plus. D'un coup de balai dans l'entrée, j'ai rassemblé la pub, les journaux, les lettres et j'ai tout mis en tas dans un tiroir de la commode en attendant de faire le tri.

Des branchages arrachés par la bourrasque encombraient la route, quelques arbres fragilisés depuis la grande tempête avaient profité de ce dernier souffle pour se coucher enfin. Une fois le village traversé, j'ai pris le chemin du vieux moulin en direction de l'étroite vallée de l'Anche. Pendant près d'un siècle, c'est là que venait se déverser le lait tiré de toute la région. Quand ma mère, pour acheter une coupe de beurre, me confiait un billet de cinq cents francs anciens à l'effigie barbue de Victor Hugo, je restais accoudé de longues minutes à observer les roues alimentées par une eau vive qui donnait son mouvement au ribot de la baratte où le miracle onctueux s'accomplissait. La machinerie tournait aujourd'hui à vide, pour le seul plaisir des yeux ; des années que le produit des trayeuses électriques transitait dans des cuves en inox réfrigérées jusqu'à l'usine à packs UHT de la zone industrielle du Havre. Je suis venu me placer près d'un break sombre, en surplomb de la rivière, à l'endroit où jadis les paysans déchargeaient leurs bidons. Je ne suis pas allé directement écraser mon doigt sur la sonnette, j'ai flâné avec mes souvenirs, dans l'ombre de la bâtisse. Je me trouvais derrière une haie lorsque le buste d'une femme, vêtue d'une veste noire sur une chemise claire au col fermé par un nœud papillon, est apparu dans l'encadrement de la fenêtre entrouverte, au rez-de-chaussée. La lumière d'un halogène creusait les angles de son visage fardé. Elle tenait une laisse dans une main et un martinet dans l'autre, avec lequel elle menaçait un chien qui devait marcher près d'elle et dont j'entendais les couinements.

— Non, tu n'en auras pas d'autre ! J'ai dit non ! Tu vas chercher ton nonosse et tu le ramènes à ta maîtresse. Après, on verra si tu as le droit d'avoir des caresses. Va chercher ton nonosse... Cherche... Cherche...

Je me suis hissé sur la pointe des pieds pour apercevoir le molosse. Il était haut comme un veau, gras comme une truie et presque totalement dépourvu de poils. Un collier noir à clous argentés ornait son cou. Si je ne distinguais pas sa tête, l'affaissement des chairs me donnait à penser qu'il avait une bonne soixantaine d'années. À part le collier, il n'était vêtu que de deux paires de moufles en fourrure, aux mains et aux pieds, sur lesquelles étaient cousues de fausses griffes. Testicules pendants, ventre ballottant, il s'est mis à trottiner derrière la femme, puis il a sauté laborieusement sur un canapé et fait sauter les coussins en tous sens à la recherche de son os. Dès qu'il l'a eu trouvé, il s'est mis sur le dos, les pattes agitées de tremblements et, en récompense, sa maîtresse, agenouillée près de l'accoudoir, a ouvert ses lèvres sur son sexe.

J'ai appuyé sur le bouton de la sonnette. Moins d'une minute après la porte s'est ouverte, à son tour, sur la femme en noir, strictement lisse et bouche refaite.

— Bonsoir... J'aurais peut-être dû téléphoner... Je passais par hasard et je me suis dit que ça ferait plaisir à M. le maire que je lui donne signe de vie...

Un petit voile ironique a humanisé son regard.

— Il finit de prendre son bain, là-haut. Vous êtes l'un de ses amis ?

— Jean-Luc Mestrem... Nous étions ensemble à l'école. Et à la chorale... Il chante toujours ?

Je l'ai suivie. Elle s'est assise dans le canapé et je me suis posé sur le tabouret du piano tandis qu'elle allumait une cigarette.

— Nous n'avons pas tout à fait les mêmes goûts musicaux. De l'avis des amateurs du style yé-yé, il chante divinement. Les fans de la Callas sont plus réservés.

Elle a comblé les minutes suivantes en passant le répertoire de son mari en revue.

— Avant d'être élu, il participait à tous les radio-crochets dans la région, et je lui dis souvent que c'est à cela qu'il doit d'être devenu maire, plus qu'à ses projets pour Préval. Son plus grand succès, c'était « Les jeunes loups » de Jean-Claude Annoux, mais il faisait aussi un tabac avec « Même si je suis fou » de Monty ou « Douce Dame » de Serge Latour... Celle-là, ça va encore, elle est romantique. Un slow d'enfer. Vous l'avez déjà entendue ?

La voix de Bernard Huriel, emplissant la cage d'escalier, ne m'a pas laissé le temps d'avouer mon ignorance. Il avait de beaux restes. Je me suis retourné pour le voir descendre les marches.

Je rêve souvent de vous
Je rêve souvent de nous
Ma tête sur vos genoux
Douce dame...

— Salut, Jean-Luc. Je me demandais quand tu finirais par reprendre contact...

— C'est la question que tout le monde a en tête. J'enquête sur la mort des majorettes, pour le compte de leur mère... Si je vous dérange, vous me le dites, sans façon...

Il est venu prendre place près de sa femme.

— La gendarmerie fait son boulot. Ils connaissent bien le terrain. À force de quadriller, de recouper les informations, quelque chose va finir par remonter. J'ai cru comprendre qu'ils étaient sur la piste d'un Pakistanais... Tu crois que c'est bien nécessaire que tu t'en mêles ?

— Si ce malheur était tombé sur quelqu'un d'autre, je ne serais pas là. C'est la fille de Guillaume et de Viviane qui me l'a demandé... Je ne pouvais pas refuser. D'ailleurs, Troncar n'y trouve rien à redire. Il m'a ouvert ses dossiers.

Bernard a servi trois verres de pommeau de cidre, s'est soulevé de l'arrière-train pour m'en tendre un.

— Tu ne parlais pas beaucoup, au temps de notre folle jeunesse, mais tu promenais déjà sur les gens ce regard plissé, comme planqué derrière des meurtrières... En fouillant dans les papiers, tu as dû remarquer que j'étais le dernier à les avoir vues vivantes...

J'ai trempé les lèvres dans sa mixture, une sorte de pineau normand, par politesse.

— Oui, à part l'assassin... C'est ce que tu as déclaré et que Gérard a pu vérifier grâce à ses investigations... Il était près de deux heures du matin, c'est ça ?

— Deux heures moins dix, exactement. J'étais venu en fin d'après-midi, pour assister à la parade, mais tu sais que tout a été annulé à cause de la flotte. Je n'avais pas l'intention de rester trop tard, sauf que j'ai été pris par l'ambiance... Chantal pourrait passer la soirée et la nuit à te raconter toutes les fois où elle a dû me traîner hors des salles de bal. Ce n'est pas son truc les flonflons. Le problème, c'est que moi, je m'y sens bien. Elle en a eu sa claque vers minuit, et elle a profité de la voiture de mon premier adjoint, Gilbert, pour rentrer.

La brillance d'un objet tombé derrière le piano a attiré mon attention. Je me suis penché pour identifier le collier que Bernard portait autour du cou avant mon intrusion. J'ai tendu la jambe, le pied, pour le faire glisser discrètement vers moi.

— C'est à toi le break qui est garé dehors, près de la rivière ?

— Oui, je te vois venir. Les deux seuls témoins oculaires, le type qui avait emprunté un bull et l'autre qui rentrait en Mobylette chargé comme une mule décrivent une carrosserie très approchante. Il y a juste un hic...

— C'est ça qui est formidable, qu'il y ait toujours un « hic ». Le « hic », ça tique, ça pique, c'est le piment de la vie...

Il a fait comme si je n'avais rien dit.

— Ce jour-là, ma bagnole était en révision. Un rappel technique de tous les exemplaires de ce modèle par Renault, pour un problème de servofrein. Je roulais avec la Corsa de Chantal qu'on peut difficilement confondre avec un break. Pour en revenir à la fête de Stanval, je me revois quitter le bal et lever les yeux vers le clocher de l'église où les aiguilles marquaient deux heures moins dix. J'ai marché jusqu'à la Corsa qui était garée sur le parking de l'ancienne station-service, à l'amorce de la route de Blanchois. À un moment, j'ai entendu des rires, des petits cris étouffés. Je me suis approché. Les deux filles Borain, en costumes de majorettes, étaient en train de se faire tripoter par des gamins de leur âge que je n'ai pas reconnus, qui ne se sont pas présentés à la gendarmerie, et qui n'ont pas été retrouvés. Un quart d'heure plus tard, je me glissais dans les toiles. Tu peux aller demander confirmation au garagiste, tu le connais, c'est Francis Dorneau...

Effacé le Dorneau, depuis des lustres ! Pourtant, son physique de môme souffreteux m'est revenu en mémoire, avec son surnom, à l'instant où Bernard a prononcé son patronyme.

— Francis le bègue ?

— Bègue si on veut : à mi-temps, seulement... Dès que le père Germain levait sa baguette, à la chorale, il articulait comme toi et moi. Il aurait dû vivre dans une comédie musicale, personne ne se serait rendu compte de rien !

Sa plaisanterie m'a fait penser à Gilles, le frère des deux gamines, qui lui aussi ne parvenait à articuler qu'en posant ses mots sur des notes. J'ai planté mon verre à moitié rempli sur le tas de partitions et je me suis baissé pour ramasser le collier clouté.

— Vous avez un chien ?

M. le maire a été pris d'une quinte de toux très opportune, et c'est Chantal qui a eu assez d'à-propos pour planquer les secrets du couple.

— On en avait un... Il est mort le mois dernier, de vieillesse... Ses affaires traînent encore un peu partout dans la maison.

Le ton était d'une totale justesse, un piège à compassion.

— Je suis vraiment désolé, je ne pouvais pas savoir... D'après la taille du collier, ça devait être un drôle de morceau... C'était quoi comme race ?

C'est lui, cette fois, qui a répondu.

— Un saint-bernard.

La silhouette du vieux moulin éclairé par le dernier croissant de lune cadrée dans mon rétroviseur, je suis reparti en me disant qu'avec une femme de cette trempe, le maire de Préval n'avait pas besoin d'assurance sur la vie. À la maison, j'ai ouvert une boîte de sardines millésimées et une autre de lisettes rapportées d'un voyage à Concarneau, dix ans plus tôt, conserveries du Chien Jaune, et dont la date limite de consommation indiquait la fin du millénaire précédent. Elles n'en étaient que meilleures, presque confites dans leur huile d'olive, et je les ai mangées à même les barquettes en allant récupérer les filets à l'aide de lichettes de pain frais. La bouteille de riesling qui tenait compagnie aux poissons a rendu l'âme, une goutte pour une note, sur le « See See Rider » d'Ella Fitzgerald. Que du bonheur. Quand je me suis réveillé, il faisait nuit.

J'ai attendu le lever du soleil dans ma tour en découpant tous les articles de journaux que j'avais pu rassembler, puis je les ai glissés dans les pochettes transparentes d'un classeur avec, dans les marges, des notes manuscrites sur les personnes, photographiées ou citées, que j'avais eu l'occasion de rencontrer. Je procédais souvent de cette manière au boulot. J'étalais tous les clichés pris lors d'une série de filatures, et j'écrivais des légendes de quelques lignes à propos de choses vues ou ressenties au cours de la traque, des petits riens qui sinon s'effacent pendant le sommeil, et qui vous manquent sans même que vous le sachiez.

Le vent soufflait du nord en m'apportant l'écho de la première volée de cloches d'un village de l'intérieur des terres, Jonzeau. Pendant ces mois de solitude, mon oreille s'était faite aux timbres des différentes églises. Je savais reconnaître celles que l'on avait équipées d'une minuterie et d'autres au rythme plus imparfait où des bras mettaient ce monde de bronze en mouvement, et qu'il fallait attendre que s'accorde le balancement du marteau sur les parois. On devinait l'humain dans les résonances. Je me suis décidé à ouvrir toutes les lettres entassées dans le tiroir de la commode. Une masse de justificatifs bancaires, des formulaires de retraits automatiques pour l'eau, le gaz, l'électricité, le téléphone, des formulaires du ministère des Anciens Combattants pour la prise en compte de mes états de service en Algérie dans le calcul de ma retraite, une loterie me félicitant de figurer sur la liste des euromillionnaires en puissance, un mot de Viviane Lanster, trois lignes griffonnées à la hâte, le jour même de la découverte des corps de ses petites-filles au bas de la falaise et m'implorant de venir à son secours. Je suis sorti mal, avec dans la tête des perles de cimetière.

J'ai marché jusqu'au carrefour du pilori, sous le crachin, et je m'apprêtais à prendre un chemin de traverse quand un break de marque Ford a pilé à la hauteur de la colonne de pierre. L'une des vitres embuées s'est abaissée pour laisser apparaître un visage carré, éclairé par deux yeux malicieux.

— Salut, Jean-Luc. Tu me remets ?

Cette fois encore, en une fraction de seconde, j'ai fait un bond d'un demi-siècle dans le passé. Je ne ressentais ni plaisir ni nostalgie, mais cette sorte de gêne angoissée des matins où l'on sort de l'entre-deux d'un songe, et que l'on tente de retenir à soi les disparus avec lesquels on conversait, on riait, on jouait, on faisait l'amour. Je me suis approché de cet autre souvenir d'enfance.

— Roger Tarmin... Tu es toujours là, à Préval ? S'il y en a un que je ne m'attendais pas à revoir, c'est bien toi. Tu n'es pas parti en Alaska ?

Il a passé une main sur ses cheveux coupés en brosse.

— Tu te souviens de ça ? Tu es trempé. Monte, c'est ouvert...

Avec lui, en ces temps sans télé, ce n'était pas la peine d'aller au cinéma. Grâce à la magie de son verbe, l'espace clos de la cour de récréation se hérissait de montagnes, de défilés, les roues des chariots s'enfonçaient dans la neige épaisse, les hurlements des loups faisaient courir des frissons sur notre peau, on franchissait des rapides accrochés à des radeaux de fortune, le directeur d'école prenait le masque grimaçant du bandit, du traître, et dans le sous-sol blanchâtre de Normandie qu'éclairaient nos regards fous, brillaient soudain les veines aurifères, les cavernes de diamants. La dernière année avant mon départ, il promenait un chien doux au regard bleu, un husky, en rêvant aux attelages que Jack London, fouet à la main, sifflement aux lèvres, dirigeait sur les étendues glacées du Klondike.

— Je te dépose devant chez toi ? C'est sur mon chemin.

J'en étais parti pour me fuir, un quart d'heure plus tôt, et je n'avais pas encore envie de me retrouver.

— Non. Je vais t'accompagner un bout, si tu ne vas pas trop loin et que ça ne te dérange pas...

— Normalement, je ne devais pas bouger de la journée, mais un collègue m'a téléphoné. Il doit s'absenter en fin de matinée. Je prends son service pendant deux heures... Tu sais, si je ne suis pas devenu chercheur d'or, je fais un des autres boulots qu'aimait bien le grand Jack... Je suis marin...

La route a basculé d'un coup vers la mer. Des dizaines de camions, d'engins de chantier, crapahutaient sur l'immense vis de bitume creusée dans la falaise ainsi que sur la digue sans fin où venaient s'amarrer les tankers. Sur la droite, j'ai aperçu la croix aux Veuves. C'est de là que le meurtrier avait balancé les corps des deux majorettes. Roger Tarmin a pointé le doigt sur l'horizon. On distinguait la masse immobile d'un pétrolier.

— C'est lui là-bas, le *Finnegan*, qu'il va falloir que je rentre... Tu peux monter à bord, si ça te dit...

Il est venu garer son break près d'un remorqueur de haute mer, une Abeille dont la coque s'ornait d'un chiffre en lieu et place du nom : 32. Roger m'a tendu un gilet de sauvetage et présenté aux huit membres de l'équipage tandis que je me harnachais. Des creux de deux mètres agitaient la mer, et le capitaine m'a demandé d'observer la manœuvre depuis la cabine de commandement, avec la radio qui crachotait les ordres en permanence. L'Abeille gigotait comme une toupie devant la paroi métallique abrupte du *Finnegan* dont les matelots, au bastingage, venaient de se saisir des filins auxquels était arrimé le câble de remorque. Dès que les navires ont été solidaires, le treuil s'est mis en mouvement, entraînant insensiblement la masse du supertanker vers la passe. La manœuvre avait duré moins de deux heures. De retour au quai, Roger m'a invité à manger un morceau dans un ancien café de pêcheurs où défilaient toutes les solitudes du monde en escale. Nous nous sommes partagé un plat de seiches grillées arrosées d'une sauce à l'ail, une bouteille d'aligoté, et pendant tout le repas, sans se départir de sa bonne humeur, il m'a raconté les accidents survenus à la lignée des remorqueurs de la dynastie des Abeilles depuis leur mise en service. Son verbe n'avait rien perdu de sa puissance évocatrice et, entre deux coups de fourchette, j'assistais au naufrage de l'Abeille IX, éventrée par le *Normandie,* à l'éperonnement de l'Abeille IV par l'*Atlantic,* à la mort d'un marin dans le chavirage de l'Abeille XVI. Il m'a laissé à la sortie de Préval, près de l'enfilade de fermes, et c'est en le quittant que je me suis rendu compte que je ne lui avais pas dit un mot de mon enquête. Il a retenu ma main dans la sienne.

— On se verra peut-être samedi à la fête votive de Fréville... La chorale et la troupe de majorettes font le déplacement. Ma petite-fille en fait partie. C'est elle le capitaine. Tu n'étais pas au courant ? C'était annoncé hier dans le journal.

— Je n'ai pas encore fini de lire ceux de la semaine dernière !

À la maison, j'ai posé une galette argentée dans le lecteur. Des thèmes arabo-andalous tamisés à Fès par Azzedine Alaoui-Addach, et chantés par une confrérie soufie. Tangage et roulis, flux et reflux, sac et ressac. C'est sur l'accélération rythmique de Al Khamra, « Abreuve-toi du vin des Gens de lucidité, tu verras des merveilles », que la tempête s'est déchaînée. J'avais eu le pied vaillant sur la 32, et elle s'est vengée à retardement sous la forme d'un mal de mer, peut-être bien de terre ou d'esprit, qui m'a envahi dès que je me suis allongé sur le canapé de la salle à manger. C'est de Nice, curieusement, d'une rencontre de bar de ce pays sans marée, que je tenais la recette de la délivrance. Un jus de citron dans une chope, une mesure de Fernet-Branca, deux de Gueuse et autant de jus tiède de choucroute aigre. À part le bock et le citron, les ingrédients de la *choucroutas* me faisaient hélas défaut. Je me suis résolu à utiliser l'aristocratique méthode Lady D. qui consiste à se pencher au-dessus des chiottes et à se planter deux doigts dans la glotte. Au milieu de la nuit, le téléphone a longuement sonné. Sa plainte se confondait avec celle d'un chien qui hurlait à la mort, dans le lointain. Le matin du samedi, mon malaise s'était évanoui, avec pour seule trace une sensation de froid qui m'a obligé à rester sous les couvertures jusqu'aux cloches de dix heures. Les mains gelées, j'ai décidé de faire l'impasse sur l'apéritif avec chorale, le discours de bienvenue du maire, et la prestation du Twirling Laredo Country Band par quoi débutaient les réjouissances à Fréville. J'ai déjeuné sous la verrière chauffée par un soleil d'automne aussi soudain que généreux. Trois manèges, une baraque à gaufres et pommes d'amour, un stand de tir, une loterie à nounours disposés en arc de cercle devant le parvis de l'église, délimitaient un espace sillonné par une petite foule dans laquelle éclataient les couleurs des majorettes et brillaient les cuivres des musiciens. Les rouleurs de mécaniques du village, entre deux tirs ajustés sur des pipes en terre ou des ballons flottants, regardaient d'un air suspicieux un groupe de matelots malais en perdition assis sur le trottoir métallique des autos tamponneuses. Je suis resté à l'écart. J'ai d'abord vu passer l'abbé Bronier accompagné de Lucien Merlot, l'organiste, puis plus tard le capitaine Troncar, la main sur l'épaule de Jeannot Lamoutarde qui avait délaissé les fourneaux de sa roulante et sa portion de nationale abandonnée. Anne-Cécile conversait avec Roger Tarmin, près des avions pneumatiques, et la petite-fille du marin, la jeune rousse autoritaire qui dirigeait les répétitions d'« Où sont les femmes », les écoutait en lorgnant sur les garçons croisant dans ses eaux. Le maire est passé à son tour, sans laisse ni collier, suivi par Francis le mécano bègue dans sa salopette frappée du sigle en losange de Renault. Près de moi, une gamine tirait sa mère par la manche :

— Maman, donne-moi un euro de franc pour m'acheter de la barbe-à-papa...

Sur le coup de trois heures, les uniformes disparates se sont ordonnés devant la mairie, puis la parade alternant les troupes de majorettes et les fanfares a fait le tour du village, avec un arrêt de quelques secondes respectueuses devant le monument aux morts. Le défilé a drainé une partie des clients près des manèges, l'autre jusqu'à l'entrée de la salle des fêtes pour le bal latino de Hijo del Diablo. Le chanteur, normand, baragouinait avec conviction son espagnol de contrebande. Tignasse brune, béret incliné et barbe mal taillée, il avait voulu se faire la tête de Che Guevara, mais ressemblait davantage à un abbé Pierre jeune. J'ai passé l'âge de m'agiter le squelette en cadence, et j'ai réservé toute mon énergie pour jouer des coudes dans la sardinade géante qui précédait le programme de la soirée. À un moment, l'abbé Bronier et Lucien levaient des filets grillés à la même table que moi, et j'ai surpris deux ou trois regards complices lancés à la dérobée. Je me suis dit que quelque chose se tramait quand une lueur identique a brillé dans les yeux de Chélin, le patron du restaurant *Chez l'Autre*, venu trinquer avec moi en souvenir du temps passé. À neuf heures, la moitié des habitants de Préval se pressaient devant le podium pour soutenir leur chorale disposée en arc de cercle, chemises blanches et pantalons noirs sur fond de scène bleu à paillettes. L'abbé s'est approché du micro. Il a attendu que le silence se fasse et annoncé que le premier morceau, un standard des troupes de majorettes, avait été choisi pour rendre hommage aux gamines disparues. Lucien a enchaîné à l'orgue électrique, tempo lent, sur les premières notes de « When the saints go marchin' in ». Les voix, contenues, se sont posées sur la mélodie au rythme brisé, et l'hymne d'ordinaire sautillant a pris des allures de requiem. L'émotion est devenue pratiquement palpable lorsque Gilles a fait un pas en avant pour interpréter le dernier couplet a cappella.

And when the Lord is shakin' hands...

Trois autres morceaux ont suivi, l'inévitable « Je chante » de Trenet, un « Choros » de Villa Lobos, le « Maria » de Bernstein, et Lucien Merlot a saisi le moment où je m'apprêtais à sortir prendre l'air pour réclamer l'attention de l'assemblée.

— Cela fait maintenant trente années que je m'occupe de la chorale de Préval, et je reconnais chacun des habitants du village avant même de l'avoir vu, au timbre de sa voix. Je crois, et M. l'abbé Bronier devrait être de mon avis, que nous n'avons jamais eu une formation de la qualité de celle que vous venez d'écouter. J'ai donc décidé de me retirer en pleine gloire, d'autant qu'à bientôt soixante-cinq ans il est plus que temps de passer le relais ou plutôt la baguette... J'avais averti plusieurs camarades de mon intention. Ils m'ont fait l'amitié d'être présents ce soir. Il y a un demi-siècle, nous étions à la place de ces jeunes gens dans la chorale que venait de créer l'abbé Germain. L'idée nous est venue de la reformer ce soir, exceptionnellement... J'appelle M. le maire, Bernard Huriel, le capitaine Troncar, Francis Dorneau, l'as de la carburation, Jean Lafourtarde ainsi que son concurrent aux casseroles Hubert Chélin, le saint-bernard des mers Roger Tarmin...

Ils sont tous montés sur l'estrade à l'appel de leur nom, puis cinq autres sexagénaires dont j'avais oublié jusqu'au souvenir les ont suivis. J'ai cru que j'allais en réchapper, mais Lucien me gardait pour la bonne bouche.

— Le plus doué d'entre nous a longtemps cru qu'il pourrait se tenir à distance des séductions de Préval, mais il a fini par y revenir... J'ai nommé Jean-Luc Mestrem...

J'ai affiché un sourire de circonstance, et je suis venu prendre ma place au centre de la photo de classe. L'abbé Bronier nous a distribué les paroles d'une chanson tandis que Lucien dépliait ses doigts au-dessus du clavier. J'ai lu la première ligne et chacun des vers m'est revenu en mémoire, dans l'instant même où la musique s'élevait. L'ensemble s'est accordé, comme par miracle.

Village au fond de la vallée
Comme égaré, presque ignoré
Voici qu'en la nuit étoilée
Un nouveau-né nous est donné...

À la fin du couplet, l'abbé m'a adressé un signe de tête. Je me suis avancé comme Gilles, pour le solo :

Une cloche sonne, sonne
Sa voix d'écho en écho
Dit au monde qui s'étonne
« C'est pour Jean-François Nicot »...

Le dernier couplet a été repris par une bonne moitié de la salle. Dans la foulée, les applaudissements ont crépité, accompagnés par le rituel « une autre » scandé sur l'air des lampions. J'ai soulevé le rideau pailleté et je suis descendu par l'arrière du praticable, vers les vestiaires transformés en loges où patientaient les musiciens de Hijo del Diablo. Trop de choses venaient de remonter à la surface, d'un coup. Je ne faisais pas partie de leur monde. J'ai acheté une poignée de plomb, au stand de tir. J'ai commencé à dégommer des pipes et des ballons, à coucher les figurines en mouvement. Le forain m'a tendu une bouteille de clairette plus un énorme stroumpf empaillé que j'ai refilé au premier môme qui passait à ma portée. J'ai fait sauter le bouchon, à l'abri dans ma voiture. J'ai bu le pétillant au goulot, le cou plein de mousse, avec une réédition des Comedian Harmonists dans le lecteur.

Le crépitement de la pluie sur la carrosserie m'a réveillé, et aussitôt le froid m'a saisi. Plus loin, la fête se terminait, on démontait, on remballait. Quelques groupes d'attardés tentaient d'assurer leurs trajectoires vers les véhicules garés sur le bas-côté. À un moment, j'ai cru reconnaître la silhouette de Gilles, le petit frère des gamines assassinées. Il était accompagné d'un homme. Je les ai vus grimper dans un break de couleur sombre stationné à hauteur de la plaque émaillée, barrée d'un trait en biais, qui marque la sortie de Fréville. Je m'attendais à ce que la voiture déboîte, s'éloigne, mais elle est restée immobile une, puis deux minutes, tous phares éteints. J'ai coupé l'alimentation du plafonnier, j'ai ouvert la porte côté passager, sans faire de bruit. Je me suis laissé glisser dans le fossé. J'ai progressé, courbé, de l'eau aux genoux, jusqu'à l'arrière du break. J'ai pris appui sur le pare-chocs pour risquer un regard dans l'habitacle. Le gosse à la voix d'or était nu sur la banquette dépliée. Il tournait le dos au type qui s'était contenté de déboutonner sa braguette. L'écœurement de la veille, le gras des sardines, le tiède du mousseux, tout a jailli d'un coup vers le ruisseau. Je dégueulais encore quand je me suis jeté sur Lucien Merlot, en hurlant, et que j'ai commencé à le rouer de coups. Je crois bien que je l'aurais tué si le môme ne m'avait pas supplié d'arrêter en s'accrochant à mes bras. Il s'est rhabillé pour aller se blottir à l'arrière, près de l'orgue démonté. Je ne sais pas pourquoi, mais ce qui m'est venu en tête, à ce moment-là, c'est la photo de Brigitte Bardot posant pour *Cinémonde*, et la trempe que Lucien avait mise à Troncar, dans le bunker, pour me défendre. Je n'ai pas eu besoin de le frapper à nouveau pour qu'il me balance son histoire. La manie des petits garçons s'était emparée de lui assez tôt. Il ne savait plus s'il avait pris la direction de la chorale pour assouvir ses pulsions, ou si c'est la fréquentation des gamins d'avant la mue qui l'avait fait succomber.

J'ai désigné le petit-fils de celui qui m'avait sauvé la vie en Algérie.

— Depuis combien de temps ça dure avec lui ?

Il a reniflé, s'est essuyé la bouche d'un revers de la main.

— Un an, pas plus...

La phrase suivante est venue dans ma bouche sans que je sache d'où elle venait et où elle menait.

— Tu t'es fait ses deux sœurs en prime, c'est ça ?

Il a écarquillé les yeux.

— Non ! Je ne les ai pas touchées... Je ne les ai pas violées... Je te jure que c'est un accident... Elles m'ont surpris, il y a des mois de ça, dans les lavabos de la salle de répétitions... Je leur ai proposé de l'argent, pour qu'elles se taisent, mais après c'était toujours plus... Je ne pouvais plus fournir... C'est elles qui m'ont coincé...

J'ai entendu des pas derrière moi, des rires dans l'obscurité. Des fêtards, une petite dizaine, sont passés devant une fenêtre éclairée et j'ai reconnu le capitaine Troncar, Tarmin, le mécano et Jeannot Lamoutarde. Avant qu'ils arrivent à notre hauteur, j'ai demandé à Merlot :

— Comment tu as pu en arriver là ? Bon Dieu, mais comment !

Il s'est effondré d'un coup. Au travers de ses sanglots, j'ai réussi à comprendre quelques mots.

— Quand j'étais môme, à la chorale, c'est moi qui étais à la place de Gilles...

J'ai fait semblant de n'avoir pas compris. J'ai soulevé le gamin dans mes bras. En marchant à la rencontre de mes copains d'enfance, une autre phrase venue de bien trop loin restait bloquée entre mon cerveau et mes lèvres.

— Moi aussi il m'a enculé, le père Germain. C'est pas pour ça que je suis devenu une ordure.

J'ai simplement dit :

— Juste un paumé...

Nous sommes tous des Gitans belges !

Déméter était tombé amoureux de Fantaisie au premier regard, un mois plus tôt. Ce n'était pas sa robe isabelle luisante, son crin tressé ni ses courbes généreuses qui l'avaient séduit, mais plutôt cette manière qu'il avait, les babines retroussées, d'imiter Fernandel dans un hennissement proche du rire humain. Son propriétaire s'en débarrassait, inquiet de tout ce noir que portaient les nuages qui s'amoncelaient vers l'Est. On ne garde pas un haras dans la tourmente. D'après ce qu'on lui avait dit, Fantaisie avait pour géniteur un étalon persan dont le palmarès s'ornait d'un Prix d'Amérique, de quelques trophées à Ostende, d'une tape du Roi sur sa croupe. On avait eu l'honnêteté de lui avouer que sa jument de mère était des plus anonymes. Une pataude selon toute vraisemblance puisque Fantaisie n'était pas taillé pour la course, trop court de rein, trop ensellé, mais vigoureux et trapu. Déméter s'était installé sur son dos creusé pour le conduire, à travers champs, jusqu'au campement installé à la lisière d'une forêt à égale distance de Bruxelles et de Soignies. La sympathie semblait être réciproque puisque le demi-sang avait accepté sans le moindre mouvement de mauvaise humeur d'être attelé à la roulotte. Déméter lui avait appris en quelques jours à tirer la charge, à répondre à ses sollicitations. Il parvint même à l'arrêter court, ce qu'il n'avait jamais réussi avec les trois bêtes de trait précédentes. Le défaut de Fantaisie lui venait de son ascendance : il était impatient et la simple vue d'une ligne droite lui échauffait les sangs. Il piaffait, remuait la queue en tous sens, tremblait des naseaux, dans le désir d'effacer la distance. Déméter se rejetait alors en arrière, tirait sur les rênes pour le contre dire. Ce soir-là, il alimentait un feu pour le ferrer de neuf, quand un véhicule de la gendarmerie quitta la nationale et cahota sur le chemin de terre qui menait aux roulottes. Deux hommes sanglés dans leurs uniformes descendirent tout d'abord de la fourgonnette suivis d'un homme d'une trentaine d'années court sur pattes, le visage barré d'une épaisse moustache, dans lequel Déméter reconnut un paysan qui les avait dix fois menacés d'expulsion. C'est Andres qui s'avança à leur rencontre tandis que toute la communauté se rassemblait pour observer l'échange à distance. Le premier militaire ébaucha un salut.

— Il va falloir que tu dégages de là avec toute ta smala, au plus tard demain matin...

Andres tendit les bras vers ses interlocuteurs.

— C'est pas possible... On a donné rendez-vous à une partie de la famille qui vient d'Allemagne... Ils ont eu du mal à sortir... S'ils ne nous voient pas, ils vont être complètement perdus... Laissez-nous un peu plus de temps... Une semaine...

Le deuxième gendarme s'avança.

— Si tu commences à discuter, c'est pas demain que tu vas déguerpir, mais tout de suite... M. Demuyck a déjà été bien bon de vous laisser vous installer sur ses terres pendant deux semaines. Demain à huit heures, il doit faire couper deux rangées de peupliers. Si vos carrioles et vos bestioles sont dessous, tant pis pour vous, il ne faudra pas venir vous plaindre !

La caravane prit la route du sud en direction de Soignies, au petit matin, les enfants et les anciens sous les bâches, les chiens accompagnant le mouvement depuis les bas-côtés. On les refoula, de village en village et ce n'est qu'à la faveur de la nuit qu'ils purent faire halte sur un terrain vague délimité par les murs d'une usine et une haie vive. Andres fut d'avis de ne pas allumer de feu, et l'on mangea froid. Au lever du soleil, Déméter profita de la douceur de mai pour seller Fantaisie et pousser jusqu'au plus proche village. Une animation inhabituelle s'était emparée des rues que des dizaines de personnes sillonnaient en gesticulant, en parlant haut. Après avoir attaché sa monture à un œillet, devant un estaminet, il aborda un ouvrier qui venait de descendre de son vélo.

— Qu'est-ce qui se passe ? Il y a eu un accident ?

L'autre le regarda un moment avant de répondre.

— Vous n'êtes pas au courant ?

— Au courant de quoi ?

— Ben tout simplement que la Hollande vient de capituler et que l'armée française se dirige vers nous à toute vapeur pour stopper les Allemands ! On est pris entre deux feux...

Déméter prit juste le temps d'avaler un café, d'acheter du tabac, et il piqua des deux pour mettre Fantaisie au galop. Les chefs des quatre familles se réunirent afin d'apprécier la situation et évaluer ce qu'il convenait de faire. Il y avait longtemps que les lettres d'Allemagne avaient cessé de parvenir jusqu'à eux. Ils savaient, par les chuchotements roms qui passaient les frontières, le sort réservé dans le Reich aux Zigeuner dont les campements s'étaient mués en camps. Le choix n'existait pas : il fallait, pour survivre, marcher vers le sud de la Belgique. Ils découvraient les clochers de Mons, trois jours plus tard, quand la terreur provoquée par les premiers hurlements des Messerschmitt les jeta dans les fossés. Quelques heures suffirent pour que les routes se couvrent d'une armée de civils en débandade. Tout le pays s'était mis en marche vers la frontière, sous un ciel d'incendie, abandonnant les champs, les fermes, les commerces. On tirait des charrettes, on poussait des landaus, on se maintenait en équilibre sur d'invraisemblables chargements de chaises, de matelas, de lessiveuses, on enviait les privilégiés qui roulaient au pas dans une Rosengart, une Citroën.

Andres se décida à quitter la marée humaine une quinzaine de kilomètres avant le poste de douane. Il connaissait un ancien chemin de contrebande, tabac et café, qui longeait la voie ferrée et débouchait, après un tunnel, en territoire français. Ils n'eurent pas besoin de décourager d'éventuels suiveurs : on était contents, dans le fleuve d'exode, de voir s'éloigner les Bohémiens. Une voiture bloquait le passage, dix kilomètres plus loin, à proximité d'une mare où ils allaient faire boire les chevaux. Un cardan s'était brisé à l'avant, sous le poids de la charge, et une roue gîtait lamentablement. Une femme enceinte, un enfant en bas âge dans les bras, regardait son mari qui s'escrimait sur la mécanique, les manches de chemise relevées. Quand il se redressa, Andres et Déméter reconnurent Demuyck qui les avait fait expulser de son bois, une semaine plus tôt. Les deux Gitans sautèrent de leur siège, hachette à la main. Ils coupèrent en silence une longueur de haie pour permettre aux roulottes de passer par les champs en évitant le véhicule accidenté. Ils s'éloignaient quand Demuyck se mit à courir pour se porter à leur hauteur. Déméter tira sur les rênes, stoppant net Fantaisie.

— Vous avez quelque chose à nous dire ?

Le paysan, essoufflé, vint s'appuyer contre la roue.

— Il faudrait me remorquer jusque de l'autre côté... Il y a un garage à deux kilomètres. Ma femme est enceinte, et le bébé n'arrête pas de pleurer... J'ai de l'argent... Je peux vous dédommager... S'il vous plaît...

Les deux hommes n'eurent pas besoin de se concerter pour savoir ce qu'ils avaient à faire. Une corde passée sous le châssis puis attachée à l'essieu de la dernière roulotte fit l'affaire. On installa la femme et le petit de Demuyck sous la bâche, en compagnie de l'épouse de Déméter qui attendait un enfant pour le mois suivant. Le paysan s'était assis sur le banc de la voiture de tête, près d'Andres et c'est dans l'obscurité du tunnel qu'il trouva assez de courage pour s'excuser.

— Je regrette ce que j'ai fait, l'autre jour... Vous auriez dû me dire qu'il y avait une femme enceinte...

Andres ne se donna pas la peine de tourner la tête vers lui.

— Je ne veux pas de tes excuses. Il suffit pour ça d'ouvrir les yeux... Tu ne voulais pas de nomades sur ta terre, et aujourd'hui, regarde : tout notre pays est transformé en tribu gitane... Tout un peuple a pris la route. Ce n'est ni ta raison ni ton cœur qui font que nous sommes assis côte à côte...

Demuyck écarquilla les yeux.

— C'est quoi alors ?

— La peur, et quand elle sera dissipée, tu replanteras ton panneau « *Propriété privée, interdit aux gens du voyage* ».

Demuyck jura sur tout ce qu'il avait de plus cher que cette prédiction serait démentie, mais Andres instruit par cinq siècles d'histoire se refusa à lui accorder le moindre crédit.

Pourtant, en juillet 1940, dans une clinique de La Rochelle, Pascaline Demuyck donna naissance à un Wallon braillard dont on s'étonne encore aujourd'hui qu'il se prénomme Andres.

Dernier quart d'heure

Ce matin-là, j'étais restée près de deux heures à écouter le délire suicidaire d'un de mes patients, et avant d'aller faire la toilette de mamie Vanneau, je me suis arrêtée au bar-tabac du carrefour Paul-Bert, pour boire un café. Bien serré. Dix ans que je fais le métier, c'est dire que normalement je devrais être blindée, sauf que l'humanité résiste, on croit toujours que ça va glisser comme la pluie sur la plumaille des oies... Contre toute attente, ça transperce, le malheur des autres ; on a le cœur qui saigne et le sang, incolore par correction, vous pisse des yeux.

Je prends beaucoup de café quand je sors de chez « *man* ». Trop. Si on lui parle, il faut dire « *man* » à tout bout de champ, comme dans les polars américains. « *Ça va, man ?* », « *T'as bien mangé, man ?* » Son prénom, c'est Ousmane, et il n'en veut pas. Je lui ai apporté des articles sur celui que je considère comme le plus grand sculpteur vivant, Ousmane Sow, aussi sénégalais que « *man* » est malien. Il a regardé les photos, sans émotion apparente pendant que je lui expliquais qu'à ses débuts Sow faisait à peu près le même boulot que moi, kinésithérapeute, dans un hôpital de la région parisienne.

— Il ne pouvait sculpter que le soir, le dimanche, pendant les vacances. Et encore, il fallait qu'il se batte : sa femme le prenait pour un illuminé. Il en a eu marre. Il est reparti à Dakar.

« *Man* » s'est arrêté sur un cliché, me l'a montré : Ousmane Sow lisse l'argile rouge d'un visage indien de sa série sur la bataille de Little Big Horn. Il a haussé les épaules.

— Elle n'y comprenait rien, sa femme. J'espère qu'il ne l'a pas emmenée en Afrique. Kinési et sculpteur, c'est pareil.

J'ai chahuté ses dreadlocks, façon de lui dire qu'il avait touché juste. C'est immédiatement après que les choses se sont gâtées. Je cherche chaque fois, en touillant le moka, à reconstituer minutieusement ce qui a précédé le déclenchement de la crise : nos paroles, nos regards, les images qui se sont succédé sur l'écran de télé, les objets qu'il regardait, ceux qu'il touchait... Il m'est arrivé une seule fois de vivre en direct l'un de ces accès de folie et d'en comprendre la raison. Je venais de refaire son pansement, une plaie à la cuisse, conséquence d'une chute de moto. Machinalement, j'ai sorti une paire de ciseaux pour couper le sparadrap. Il a fixé l'outil : à cet instant, l'acier brillait bien moins que ses yeux. Tout a volé dans la pièce, trousse de soins, chaises, table, fracas de vaisselle accompagné de cris, de pleurs, puis il s'est jeté à terre, hurlant, ses ongles acérés crissant sur le parquet. J'ai jeté les ciseaux dans mon sac en me mordant les lèvres. Dix lignes, lues dans son dossier, me revenaient en mémoire : cinq ans plus tôt son père avait été grièvement blessé, dans la chambre d'hôpital où il se remettait des suites d'une opération lourde, par un dément revêtu d'une blouse d'infirmier et armé d'une paire de ciseaux. Il n'avait jamais réussi à surmonter l'agression, ni son fils. Je savais qu'avec « *man* », il fallait se tenir aux aguets, mais pour une journée de sa vie dont j'avais la clef, combien de trousseaux égarés...

J'ai posé un euro près de la tasse, éparpillé quelques minuscules pièces oxydées, histoire de m'en débarrasser, puis je me suis glissée dans la file des accros qui attendaient pour acheter des cigarettes, des morpions, des

Black-Jack ou faire valider leurs tickets de loto, de pari mutuel urbain. Je ne fume pas, je n'ai jamais joué à rien de tout ça : si je poireaute dans les brouillards de nicotine, c'est seulement pour rendre service à mes malades. Il n'était pas tout à fait dix heures quand j'ai mis le cap sur le quartier pavillonnaire, à l'autre bout de la ville. Une armée de grues cernait le terrain de l'ancienne raffinerie Elf dont on n'avait conservé que l'imposante grille d'entrée. Un panneau annonçait le transfert imminent des laboratoires de recherche du groupe pétrolier. Dans tout ce secteur, rongé depuis plus de vingt ans par les friches, on se préparait à accueillir près d'un millier d'ingénieurs. Chaque semaine, je constatais l'avancement du chantier et les autres signes annonciateurs de la renaissance : couche de bitume sur une ruelle délaissée, rénovation d'un commerce, ravalements, ouverture de tranchées pour l'installation du câble, plantation d'arbres... Les voitures des ouvriers envahissaient toutes les rues, grimpaient sur les trottoirs. Je suis allée me garer au milieu d'une petite place, face au stade de la zone industrielle transformé en dépôt de matériel. J'ai sonné une première fois, appuyée à la clôture de bois dont la peinture verte s'écaillait, et j'ai attendu que mamie Vanneau trottine jusqu'au bouton qui permettait l'ouverture électrique de la serrure. Il fallait compter cinq bonnes minutes, le temps qu'elle quitte son fauteuil, saisisse son déambulateur, traverse la salle à manger, la cuisine, remonte le long couloir au sol carrelé recouvert d'un tapis dans lequel ses cannes articulées s'accrochaient, et atteigne enfin la commande. Comme ça s'éternisait, j'ai sonné une nouvelle fois tout en poussant la porte, machinalement. Elle s'est ouverte. J'ai contourné la petite pièce d'eau entourée de pots de fleurs pour accéder au perron. La porte du pavillon était entrebâillée, elle aussi. Intriguée, j'ai appelé « Mamie » à trois reprises. Personne ne m'a répondu. Je me suis avancée. Tout semblait plus calme encore que d'habitude et j'ai seulement compris pourquoi en pénétrant dans la cuisine : ce qui manquait, c'étaient les effusions du chien, ses petits cris de contentement. Le temps en était définitivement révolu. Rex gisait devant l'évier, la tête fracassée, un rouleau à pâtisserie sanglant abandonné à ses côtés. Je me préparais au pire en avançant vers la salle à manger, mais elle était vide. Le cadavre de mamie Vanneau m'attendait dans la chambre, jeté au travers du lit, gorge tranchée, les jupes relevées sur des bas épais. Je suis tombée à genoux en balbutiant une série de « pourquoi ? », puis j'ai fini par plonger la main dans mon sac, à la recherche de mon téléphone portable. J'avais à peine donné l'alerte que trois policiers sont arrivés du commissariat annexe, bientôt rejoints par deux lieutenants de la brigade criminelle, venus eux de la préfecture. On ne s'est pratiquement pas quittés de la journée. Il a fallu que je raconte ce que je venais faire chez elle : des soins corporels, de la pommade sur ses œdèmes, le dosage de son assiette quotidienne de médicaments... Ils m'ont demandé les ordonnances de son médecin traitant, et j'ai bien été obligée d'avouer que je n'avais ni diplômes ni autorisations, que je soulageais à ma manière les misères de tout un tas de gens laissés sur le bord de la route. Au noir. Nous avons fait le tour de la maison, pour essayer de savoir ce qui avait été dérobé. J'avais la curieuse impression que quelque chose m'échappait, sans pouvoir l'identifier. Le lendemain, on parlait beaucoup d'elle et un peu de moi dans l'édition locale du *Parisien*. Les enquêteurs privilégiaient la piste d'un rôdeur surpris par mamie Vanneau en plein cambriolage, d'autant que plusieurs agressions violentes s'étaient produites au domicile de personnes âgées, dans le quartier, au cours des mois précédents. Quinze jours plus tard, coup de théâtre, un article claironnait que le mystère était résolu : le neveu de mamie, dans la dope jusqu'aux oreilles, lui soutirait une partie de l'argent nécessaire à ses voyages immobiles et cela depuis des mois. Il niait, expliquant qu'il était venu sonner à la porte tôt le matin, poussé par l'irrépressible besoin de combler le vide, dans ses veines. Il prétendait que sa tante lui avait confié sa carte bleue avec laquelle il avait tiré le maximum autorisé, 450 euros, un peu avant onze heures le jour du meurtre, et qu'il avait oublié de lui rapporter le rectangle de plastique. La mémoire du distributeur automatique faisait état d'un premier prélèvement effectué trois quarts d'heure après que j'ai découvert le cadavre du chien et le corps de mamie Vanneau. D'autres avaient suivi, dont un le jour de l'enterrement. On l'avait sevré pour de bon croyait-on, à la Santé. En fait, il n'y avait passé que trois nuits : ses empreintes ne correspondaient pas à celles prélevées par les enquêteurs sur le rouleau à pâtisserie utilisé par le tueur pour régler son compte au chien, ni aux traces, identiques, retrouvées sur le manche du couteau à pain que l'assassin était allé prendre dans un tiroir de la cuisine.

Avant de tomber sur le cadavre mutilé de mamie Vanneau, je n'avais vu que des morts ordinaires, figés dans une immobilité proche du sommeil. Là, c'était un corps qui résistait, et sur le lit défait, dans les éclaboussures de sang, on savait que le repos lui serait à jamais interdit.

L'image, la nuit, s'imposait à mes rêves, et même la lampe allumée, les fantômes continuaient de m'accompagner. Le drame m'avait fortement déstabilisée, ainsi que les questions des policiers touchant à la façon dont je gagnais ma vie. Les centaines de conversations, aussi, qui ne portaient plus que sur un seul et même sujet. J'ai décidé de lever le pied. Ma sœur habite à Lorient, avec son mari, ses mômes, et elle loue à l'année un minuscule appartement au rez-de-chaussée d'une villa, sur l'île de Groix, qu'elle occupe surtout pendant les vacances scolaires. Je m'y suis réfugiée une quinzaine que j'ai passée à marcher sur les chemins des douaniers, le visage fouetté par les embruns, l'esprit uniquement empli du souffle du vent et du cri des mouettes, me gavant de poisson, d'huîtres, de far nappé de caramel.

Quand j'ai repris le collier chez « *man* », cela faisait exactement un mois et demi que le crime avait été commis. La police courait toujours derrière un assassin dont elle n'avait même pas saisi l'ombre. J'ai commencé par me frayer un chemin jusqu'à l'évier, ramassant chemises, pantalons et sous-vêtements qui jonchaient le sol. Il m'a fallu batailler une heure entière contre la graisse, la moisissure naissante, puis je suis allée réveiller « *man* » allongé nu, tous les attributs à l'air, sur ses draps maculés. Il a passé un slip, un maillot de corps pour se traîner vers la cuisine où je lui avais préparé du café. Il est resté inerte devant son bol, assommé par son nouveau traitement, un cocktail d'anxiolytiques, et c'est le bout du monde si nous avons réussi à échanger trois mots. En partant, je lui ai promis de revenir dans la semaine pour ranger la salle à manger que je n'avais pas eu le temps de faire. Avant de m'octroyer une pause en Bretagne, j'avais passé une petite annonce dans le gratuit distribué sur tout le département. À mon retour, une petite vingtaine de lettres emplissaient ma boîte aux lettres ornée de l'autocollant du MRIP, le Mouvement de Refus des Imprimés Publicitaires. Un premier examen m'avait permis de sélectionner trois remplaçants possibles à mamie Vanneau. Après une série de contacts téléphoniques, j'avais jeté mon dévolu sur Francis, un ancien expert-comptable qui venait d'être amputé d'une jambe à la suite d'un accident de voiture. Il n'habitait pas très loin du quartier de l'ancienne raffinerie, et je me suis arrêtée en chemin au bar-tabac du carrefour Paul-Bert. La première chose qui a attiré mon attention, c'est le sigle de M6 peint sur le flanc d'une camionnette, puis celui de TF1 collé sur le coffre d'une moto bardée d'antennes. Je me suis dit que le mystère était enfin résolu. Le patron faisait face à trois caméras et autant de micros braqués sur son visage qu'encadraient les alignements de paquets de cigarettes. Je me suis installée en terrasse, sous la véranda. J'ai retenu Marco, le serveur, quand il est venu prendre la commande.

— Qu'est-ce que c'est que tout ce cirque ? Ils ont retrouvé le meurtrier ?

Il s'est baissé pour donner un coup de lavette sur le Formica.

— Quel meurtrier ? De qui tu parles ?

— Il n'y en a pas dix mille dans le secteur, à ma connaissance ! Celui de mamie Vanneau...

J'ai eu l'impression qu'il entendait parler d'un événement contemporain des cavernes.

— Non, ça n'a rien à voir avec cette histoire. Mais alors, rien du tout de chez rien du tout... C'est à cause du tirage de la Saint-Valentin.

J'ai froncé les sourcils.

— Ils ont oublié de régler leurs montres à la télé : la Saint-Valentin, elle est passée depuis deux mois.

— Justement, c'est ça le problème. Le billet de loto qui remporte la cagnotte de la Saint-Valentin a été validé par Gérard ici, au Paul-Bert. Trois millions d'euros !

Il a effectué un aller-retour pour me servir mon café serré.

— On connaît l'heureux bénéficiaire ?

— Non... Il ne lui reste qu'une semaine pour ramasser sa monnaie, après c'est remis dans le pot. La Française des Jeux a installé un panneau avec les numéros, au-dessus du percolateur. Je les connais par cœur : 4.7.15.20.27.49. Numéro complémentaire, le 34... Gérard n'en dort plus, il se refait le film pour essayer de revoir la tête du joueur, mais c'est mission impossible.

On appelait Marco à une autre table. J'ai sorti mon porte-monnaie pour régler ma consommation. Je me suis souvenue subitement de la présence, à l'intérieur, des bordereaux de loto que mamie Vanneau me confiait de temps à autre, et que je faisais valider par Gérard. Les derniers dataient du jour même de sa mort. Penchée au-dessus de mon sac, je les ai dépliés lentement. Le 4 est apparu, puis le 7... J'ai dégluti. Le 15 et le 20 ont suivi. Mon cœur s'est mis à bondir dans ma poitrine quand le 27 et le 49 ont suivi. J'ai fermé les yeux sur le 34 complémentaire. La voix de Marco m'a fait sursauter.

— Un euro, comme d'habitude...

J'ai farfouillé dans mes pièces, et je lui ai laissé vingt centimes de pourboire. Il fallait que je me contrôle, que je fasse comme si de rien n'était, que j'attende d'être seule pour réfléchir à la situation. Francis, mon nouveau client, s'est sûrement demandé s'il avait fait le bon choix. Il m'expliquait ce qu'il attendait de moi : l'aider à apprivoiser sa prothèse, le seconder pour le ménage, passer quelques minutes à discuter avec lui... Je me suis rendu compte que j'étais à côté de la plaque lorsqu'il a été obligé de préciser qu'il exigeait, aussi, que je prête attention à ce qu'il disait. J'ai prétexté des ennuis familiaux, une sœur à la clinique, et j'ai écourté la séance.

Dès que je suis arrivée dans mon appartement, j'ai tiré les rideaux, allumé les lampes et j'ai posé le bulletin sur la table. *Le Parisien* consacrait un article au « gagnant mystère », accompagné d'une liste de toutes les sommes qui n'avaient jamais été réclamées depuis la naissance du loto. Le journaliste précisait que beaucoup de gros gagnants rechignaient à se présenter devant leur buraliste. Ils attendaient le dernier jour pour aller, discrètement, se faire connaître au siège social de la Française des Jeux, à Paris. Toute la soirée je n'ai cessé de regarder « *mes* » chiffres alignés, en caractères gras, dans un encadré, au centre de la page.

Au cours des jours qui ont suivi, je n'ai rien changé au train-train quotidien. Tout se passait dans ma tête. Les avions en première classe, les hôtels cinq étoiles, le sable blanc des lagons... J'ai décidé que j'irais chercher le chèque la veille du jour fatidique, à la dernière heure, en fin d'après-midi, pour prendre de vitesse les équipes de journalistes qui ne manqueraient pas de faire le pied de grue à proximité de l'entrée de l'immeuble du Loto. Le matin, j'ai téléphoné à Francis, l'unijambiste, pour me décommander, mais j'ai tenu à passer chez « *man* », avant le grand saut, pour lui annoncer mon départ. Il dormait encore en attendant le soir. J'ai préparé du café, puis j'ai commencé à mettre un peu d'ordre dans la salle à manger, comme je le lui avais promis. J'ai secoué les tapis, remis en place les coussins éparpillés, ramassé le livre de Ousmane Sow coincé sous une des roulettes du meuble télé. Et c'est en passant le balai sous le buffet que j'ai ramené, accrochant les moutons, un collier argenté serti de pierres vertes. Je me suis mise à genoux pour le prendre, et quand j'ai relevé le visage, « *man* » se tenait devant moi, une serviette passée autour de la taille. Je me suis redressée. J'ai brandi le collier devant ses yeux.

— Où tu as trouvé ça ?

Il a haussé les épaules, englué dans sa chimie.

— Je ne l'ai pas trouvé. C'est à moi...

— Tu mens. C'était à mamie Vanneau... Quand je l'ai vue sur son lit, je savais bien qu'il manquait quelque chose... Sauf que je n'arrivais pas à regarder sa gorge... C'est toi qui l'as tuée...

Il a souri comme s'il était encore dans un rêve.

— Oui, je t'ai suivie plusieurs fois. C'était chouette chez elle... Problème, il n'y avait pas un rond... Tu peux le garder, mais je te préviens, c'est du toc.

Je l'ai regardé bien en face.

— Elle était pleine aux as, sauf qu'elle ne le savait pas... 4.7.15.20.27.49. Plus le 34 pour le complémentaire... Ça c'est pas du toc.

Il s'est massé le front.

— Qu'est-ce que tu me fais ? C'est un code ?

— Rien. J'arrête ce boulot. Je voulais simplement te dire au revoir. Et surtout merci.

Je l'ai embrassé sur le front et je suis sortie. J'ai arrêté la voiture près du canal pour balancer le collier dans les eaux noires, puis j'ai fait signe au premier taxi en maraude.

— Je vais au 89 de la rue de Rivoli...

Le chauffeur s'est retourné vers moi.

— Le 89 ? C'est l'adresse du Loto... Vous avez gagné le gros lot ?

J'ai éclaté de rire.

— La preuve : je vous ai rencontré !

La seule chose qu'il a fait craquer, c'est la première.

Il ne me restait plus qu'un dernier quart d'heure à vivre pauvre.

Table des matières

Les sorciers de la Bessède 5
Les corps râlent 19
Nous sommes tous des Gitans belges ! 63
Dernier quart d'heure 69

Librio

704

Composition PCA – 44400 Rezé
Achevé d'imprimer en France (Ligugé) par Aubin
en avril 2005 pour le compte de E.J.L.
84, rue de Grenelle, 75007 Paris
Dépôt légal avril 2005

Diffusion France et étranger : Flammarion